I0556933

www.ingramcontent.com/pod-product-compliance
Lightning Source LLC
Chambersburg PA
CBHW072040170626
46811CB00008B/3115

* 9 7 8 1 0 0 5 3 6 2 3 3 1 *

كارثة على أطراف الكون

إعداد وتحرير: رأفت علام

مكتبة المشرق الإلكترونية

صدر في ديسمبر ٢٠٢٠ عن مكتبة المشرق الإلكترونية – مصر

Table of Contents

في قلب الليل..

بدت تلك الفيلا المنعزلة، على مشارف (حلوان)، أشبه بقصـر غامض مهجور، وهي تقف وحدها، بحديقتها المقفرة، وسـط مسـاحة خاوية شـاسـعة، لم تمتد إليها يد العمران بعد، ولولا تلك الأضـواء، المنبعثة من نوافذ الطابق الأرضـي بها، لما جرؤ مخلوق واحد على الاقتراب منها، خشية أن تكون وكرًا للجن والأشباح..

ولولا مـا أحـاط بـالفيلا، من مظاهـر العزاء، في الأيـام الأربعين الماضـيـة، لما انتبه أحد إلى وفاة المهندس (وفائي)، زوج ابنة الحاج (عمار)، صاحب الفيلا..

أما في داخل الفيلا نفسـها، فقد كان الحاج وزوجته باديا القلق والانزعاج، عندما راحت ابنتهما (نادين) تجمع ثيابها، في حقيبتها الكبيرة، مصـرة على العودة إلى منزلها في (القاهرة)، بعد انقضـاء أيام العزاء، لتجتر هناك ذكريات زواجها القصير، الذي لم يكمل عامًا واحدًا من العمر، قبل أن يلقي (وفائي) مصـرعه، في حادث سير..

وفي قلق، قال الحاج (عمار):

- لا يوجد ما يضطرك للعودة الآن يا (نادين).. لقد غربت الشـمس، والبرد قارص، ويمكنك البقاء حتى الصـباح، حتى يرافقك الدكتور (ماجد)، ابن عمتك على الأقل، و.. قاطعته بذلك الحزم، الذي اشتهرت به منذ حداثتها:

- إنها لم تتجاوز الثامنة مسـاءً بعد يا أبي، ولدي سيارتي الصـغيرة، ويمكنني حمل الحقيبة إليها، وسـأجد نفسي في منزلي، بعد ساعة واحدة.

هتفت أمها في انزعاج:

- أتحملين الحقيبة بنفسك.. لا يا (نادين).. لا تفعلي هذا.. إنك تحملين جنينًا لم يكتمل بعد.
قالت (نادين)، وهي تغلق حقيبتها في حسم:
- إنني حامل في شهري السابع يا أماه، ويمكنني أن أنجبه الآن.. أليس كذلك؟
قال والدها، محاولًا إثناءها عن الرحيل، في هذا الوقت:
- ولماذا تفعلين؟.. هيا يا ابنتي.. اتركي الحقيبة، و..
قاطعته في انفعال:
- سأرحل الآن يا أبي.
ثم انهمرت الدموع من عينيها، وهي تستطرد:
- كل شيء هنا أصبح يذكرني برحيل (وفائي).. كل مكان يعيد إليَّ مشهد من أتوا للتعزية، في ثيابهم السوداء، وحزنهم المفتعل.. صدقني يا أبي إنني أحتاج إلى العودة إلى منزلي.. سأصاب بانهيار عصبي، لو بقيت هنا أكثر من هذا.
أدرك الرجل بحكمته، وخبرته الطويلة بالحياة، أن ابنته على وشك الإصابة بهذا الانهيار العصبي بالفعل، فربَّت على كتفها في حنان، وقال:
- فليكن يا (نادين).. عودي إلى منزلك ياصغيرتي، لو أن هذا ما تريدين بالفعل.
بكت أمها في قلق، عندما حمل الأب حقيبة ابنته، ونقلها إلى سيارتها الصغيرة، وهو يقول في حنان:
- انتبهي للطريق أثناء القيادة، واتصلي بنا فور وصولك، لنطمئن على سلامتك.
طبعت على وجنته قبلة، وهي تقول:
- سأفعل.

احتضــنتها أمها، وهي تبكي في حرارة، وغمرت وجهها بالقبلات، وهي تكرر:

- اتصلي فور وصولك يا (نادين).. لا تقلقينا عليك طويلًا يا بنيتي.

كرّرت (نادين)، وهي تنتزع نفسها في رفق، من ذراعي أمها، وتسرع بالدخول إلى سيارتها:

- سأفعل يا أماه.. صدقيني، سأفعل.

لوّحت بكفيها لوالديها، وانطلقت بسـيارتها الصـغيرة، وحملها المتكوّر أمامها يكاد يعوق صلتها بعجلة القيادة.. لم تكن تحتمل حقًا البقاء في فيلا والديها..

تلك الفيلا التي التقت فيها بزوجها الراحل (وفائي)، لأول مرة..

الفيلا التي شهدت حبهما، عندما كان مهندسًا مشرفًا على تنسيق ديكوراتها..

نفس الفيلا التي حوت جثمانه، بعد مصــرعه في حادث سـيارة، وهو يسـرع لرؤيتها، بعد عودته من رحلة عمل قصيرة، قضـت هي فترتها في الفيلا، تحت رعاية أمها، التي أبت أن تتركها وحدها، وهي تحمل جنينها الأول..

وكم تشعر بالحزن الآن، لأن هذا الطفل سيولد يتيمًا.. استغرقتها الذكريات، وهي تنطلق بسيارتها في شرود، حتى أنها - ودون أن تدري - دخلت طريقًا فرعيًا غير مـأهول، بـدلًا من أن تواصـــــل ســـيرهـا، في الطريق الرئيسي..

وفجأة انتبهت إلى هذا..

انتبهت إليه بسبب الظلام الدامس، الذي يحيط بها من كل صـوب، والذي لا يكاد يبدّد مصبـاحًا سـيارتها شـريطًا ضيقًا منه..

وفي حركة مباغتة أوقفت سيارتها، وشعرت بألم في معدتها، عندما ارتطمت بعجلة القيادة، ثم اعتدلت تتلفت حولها في قلق، مغمغة:

- أين وضعت نفسي بالضبط؟

كان من الواضح أنها قد قطعت شوطًا طويلًا، في هذا الطريق؛ إذ أن الظلام كان يمتد حولها إلى آفاق البصر، مما بعث في نفسها الخوف، وجعلها تغمغم في توتر وقلق:

- ليتني أطعت أبي، وبقيت حتى الصباح.

كانت وحدها تعرف السبب الحقيقي، الذي دفعها للعودة في المساء..

إنه (ماجد)..

ابن عمتها الدكتور (ماجد)..

كان (وفائي) يشعر بالغيرة منه في حياته؛ لأنه كان المرشح للزواج منها، قبل أن تلتقي بـ (وفائي)..

وفي عمر زواجهما القصير، حرصت أشد الحرص، على ألا تلتقي بـ (ماجد)، إلا في أضيق الحدود..

ومنذ وفاة (وفائي)، وهي تلتقي به يوميًا، على الرغم منها..

أنه لم يتركها لحظة واحدة، في الأسبوع الأول للوفاة، وحرص على زيارتها كل صباح - بعد هذا - للاطمئنان على شئونها وحالتها النفسية والصحية..

وهي تعلم أنه سيصر على مرافقتها إلى منزلها، لو أنها رحلت في وجوده..

ولهذا تعمَّدت الرحيل في المساء، بعد انصرافه بساعات..

وفي عمق، أطلقت زفرة حارة، وقالت:

- لا مناص من العودة.. لقد أضعت وقتًا طويلًا هنا..

كانت تهم بالعودة، عندما راودتها فكرة جديدة..

لم لا تواصل سيرها، حتى تبلغ منطقة التقاء هذا الطريق الفرعي، بالطريق الرئيسي؟..

إنها تذكر أنهم يقيمون هذا الطريق كوصلة جانبية، تعود لتلتقي مرة أخرى بطريق (المعادي) الرئيسي، ولقد قطعت شوطًا طويلًا فيه، وستبلغ نهايته حتمًا، بعد وقت قصير..

استعاذت بالله (سبحانه وتعالى)، وواصلت سيرها، عبر الطريق نصف الممهد، وهي توليه انتباهها في شدة، و.. وفجأة توقفت السيارة..

لم تدر لماذا حدث هذا، ولكن المحرّك توقف عن العمل بغتة، وخفتت أضواء السيارة كثيرًا، حتى أصبحت مجرّد بصيص شاحب أصفر، فهتفت في توتر شديد:

- هذا ما كان ينقصني.

حاولت إدارة المحرّك عدة مرات، ولكنه في كل مرة كان يبدو أشبه بالميت، دون أدنى استجابة، في حين تغير لون بصيص الضوء، المنبعث من مصباح السيارة، فبدا برتقاليًا ويميل إلى الحمرة، مما صبغ الحصى القريبة بلون مخيف، ضاعف من شعور (نادين)، بالقلق والتوتر، فهتفت محنقة:

- أنا أستحق كل هذا.. كان ينبغي أن أبقي، والصباح رباح..

انتبهت فجأة إلى الضوء الشاحب، الذي يقترب من بعيد، فانتعش الأمل في قلبها، وهي تقول:

- سيارة! حمدًا لله.. هناك سيارة تقترب.

فتحت باب سيارتها، ووقفت تلوح بكفيها، للمصباحين الباهتين، اللذين يقتربان في سرعة كبيرة، و..

وفجأة بدا ذلك الشيء؟..

واتسعت عيون (نادين) في رعب وذهول..

إنه لم يكن سيارة كما تصوَّرت، بل كان طبقًا..

طبقًا طائرًا..

حلم..

من المؤكد أنه حلم..
هذا ماردّدته (نادين) لنفسـها، وهي تحدّق ذاهلة في تلك الجسم الاسطواني المفلطح، الذي تعلوه قبة نصف كروية ضـخمة، والذي توقف في الهواء، على بعد أمتار منها، صابغًا المنطقة كلها بضوء باهت عجيب، يتأرجح ما بين البرتقالي والأخضر، وكأنما يراقبها في اهتمام.
وفي حلقها احتبست صـرخة رعب، أطلّت من عينيها واضـحة، وهي تحاول الفرار، ولكن قدميها تسـمرتا في الأرض، وعقلها يرتجف ذعرًا ودهشة وحيرة..
أهو طبق طائر حقًّا؟..!
واحد من تلك الأطباق الطائرة، التي تأتي من الفضـاء البعيد، والتي قرأت عنها أكثر من مرة..
إنها لم تؤمن أبدًا بوجود مثل هذه الأشياء..
لم تصـدق لحظة واحدة أنه توجد في الكون مخلوقات عاقلة أخرى، ما يمكنها أن تجوب الفضـاء، وتصـنع الأطباق والسفن الطائرة..
ولكن ها هي ذي أمام أحد الأطباق الطائرة..
لو أنها لا تحلم..
ولثوان تجمد المشـهد تمامًا، حتى بدا كصـورة فوتوجرافية، يحيط بها إطار من سـواد الليل والصـمت والقلق والخوف..
وفجأة انبعت ذلك الشعاع من الطبق الطائر..
شعاع بنفسجي، أحاط بجسدها فجأة، وبعث فيه قشعريرة باردة، انتفض لها في عنف، قبل أن تتصـارع خلاياها كلها، وتقاتل للخروج من هذا الجسد ..
والعجيب أن هذا ما شعرت به بالضبط..

شـعرت أن خلاياها تقفز خارج جسـدها، في نفس الوقت الذي تحوَّل فيه ذلك الضـوء البنفسـجي، المحيط بها، إلى ظلام تام، قفز عبره جسـدها، كما لو كانت تعبر أنبوبًا مظلمًا عميقًا وطويلًا، و..

وانتهى كل هذا فجأة..

مرة أخرى شـــعرت وكأن خلايـاها تتراص إلى جوار بعضـها البعض، لتعيد صـنع جسـدها، والظلام يتبدَّد من حولها، ليعود ذلك الضوء البنفسجي، مع فارق واحد..

أنها لم تعد تقف إلى جوار سيارتها..

لقد أصبحت في الداخل..

داخل الطبق الطائر.

الميلاد..

"مبارك"..

نطق الطبيب هذه الكلمة في ارتياح، وامتزجت حروفها ببكاء الوليد، الذي يستقبل العالم لأوَّل مرة، وسالت دموع التعب والسعادة من عيني (نادين)، وهي تسأله:

- طفل أم طفلة؟

أجابها مبتسمًا:

- طفل ذكر قوي، يزن ثلاثة كيلو جرامات ومائتي جرام بالتمام والكمال.

سألته في تهالك:

- أهو بخير؟

أومأ برأسه إيجابًا، وقال:

- حاليًا نعم.. لقد تصوَّرت لدقائق أننا قد فقدناه، والعياذ بالله، فقد أصابه اختناق رحمي، كاد يودي به، ولكنه لم يلبث أن عاد للتنفس، بعد ست دقائق كاملة.

ثم حك رأسه مستطردًا:

والواقع أنها فترة أطول مما ينبغي، حتى لقد تصوَّرنا أنه لن يفعلها أبدًا، ولكن..

عاد يبتسم، ويلوِّح بكفيه، مستطردًا:

- رحمة الله (سبحانه وتعالى) تسع كل شيء.

اشتاقت لضمّ ابنها إلى صدرها..

ابن (وفائي)..

الأمل الذي عاش يحلم به، ثم مات دون أن يراه..

ولكن الأطباء منعوها في رفق من هذا، حتى انتهت الممرضات من تنظيف الصغير، ووضعه داخل ثيابه الجديدة، التي تختلف كثيرًا عن ذلك السائل الناعم الرقيق، الذي كان يحيط به في رحم أمه، ثم لم تلبث

(نـادين) أن التقطتــه بين ذراعيهـا، وطبعـت قبلـة على جبينه، وهي ترقد في حجرتها الخاصـــة بالمســـتشـــفى، وابتســم والدها ابتســامة حانية مشــفقة، وهو يربت على كتفها، قائلًا:

- مبارك يا بنيتي.. أي اسم ستطلقينه عليه؟

أجابت في سرعة:

- (شـريف)..(شـريف وفائـي).. لقد اختار (وفائـي) الاسـم بنفســـــه، قبل أن.. أن.. تلعثمـت، مع الجزء الأخير من العبـارة، وترقرقت عينـاهـا بـالـدموع، فـأســـرع والـدهـا يخرجها من الموقف، قائلًا:

- جميل اسم (شريف) هذا.. أليس كذلك؟

أجابت أمها في حنان:

- بالتأكيد.

أما ابن عمتها، الدكتور (ماجد)، فقد ابتسم ابتسامة هادئة، وهو يقول:

- إنه اسم رائع.

تحاشـت النظر إلى (ماجد)، واحتوت صـغيرها في حنان ورفق، وتصاعد بكاؤه تدريجيًا، فغمغت:

- يبدو أنه جائع.

تحسست أمها رأس الصغير، قائلة:

- ينبغي إرضاعه من اللحظة الأولى.

اختلست النظر إلى (ماجد) في حرج، فقال بسرعة:

- ســأضـــطر لمغادرتكم الآن فلدي بعض الأعمال، في القســـم الذي أعمل به، ويمكنكم الاتصـــال بي هناك، لو احتجتم لأي شيء.

غادر المكـان علـى الفـور، وانتظرت (نـادين) لحظـة، ثم ألقمت وليدها ثديها، وتركته يمتص منه غذاءه في نهم، في حين قال والدها في هدوء:

- مهذَّب للغاية (ماجد) هذا.

قالت الأم مؤيدة، وهي ترمق ابنتها الوحيدة بنظرة جانبية:

- وهو نـاجح فـي عملـه، ويعـد واحـدًا من الأطبـاء المرموقين، في جراحات المخ والأعصـاب، علـى الرغم من صغر سنه.

أدركت (نادين) ما يرميان إليه، ولكنها تجاهلت الأمر تمامًا، وتركتهما يعدان مآثر (ماجد)، دون أن تشـاركهما الحديث، وانتظرت حتى شـبع طفلها تمامًا، واستسـلم للنوم، فقالت:

- كم من الأيام سأبقى هنا؟

أجابها والدها:

- هذه الليلة فحسب، وبعدها سننتقل إلى الفيلا.

قالت في قلق:

- أريد الذهاب إلى منزلي مباشرة.

قالت والدتها معترضة:

- وما الفارق؟.. إننا سنرعاك في الفيلا، و..

قاطعتها في توتر:

- فلنذهب إلى منزلي إذن، ما دام لا يوجد فارق.

تبادل والدها ووالدتها نظرة حائرة قلقة، ثم تنهدت الأم، قائلة:

- فليكن يا (نادين).. سـنصـحبك إلى منزلك، ما دام هذا يريحك..

قضى الأب معهما بعض الوقت، ثم نهض قائلًا:

ـ حسنًا يا (نادين).. سـأنصرف الآن، وستبقى أمك معك حتى الصباح.

غمغمت (نادين):

ـ يمكنك أن تصحب أمي أيضًا.. إنني بخير.

ابتسم قائلًا:

ـ كلا.. ستبقى أمك لرعايتك الليلة.

وهتفت الأم:

ـ لن أتركك وحدك أبدًا.

ولم تمض نصف السـاعة، بعد انصـراف الأب، حتى كـانت الأم والأبنـة قد لحقتـا بـالوليد، وغرقتا في نوم عميق..

ومضـت الليلة هادئة عادية، إلا من أمر واحد، لم ينتبه إليه أحد تقريبًا..

شـعاع من الضـوء البنفسـجي، هبط من بين السـحب، واستقر في حجرة (نادين)..

وقد حدث هذا الأمر مرتين.

لعبة..

انطلقت ضحكة الطفلة الصغيرة (مروة)، ابنة الشقيق الأصغر للحاج (عمار)، وهي تعدو عبر حديقة الفيلا، التي اكتست ببعض الحشائش القصيرة، وهتفت تنادي الطفل الصغير، الذي تجاوز عامه الأوَّل ببضعة شهور، وراح يسير خلفها متعثرًا:

- أسرع يا (شريف).. أسرع.. سأمنحك بعض الحلوى، لو أمسكتني.

تبعها (شريف) ضاحكًا في براءة، وعبر معها الباب الخلفي للفيلا، إلى حجرة مكتب جده، التي عبرتها (مروة) جريًا، وهي تقول:

- هيا.. أمسك بي.

كان يتبعها في سعادة، عندما جذبت الخزانة المفتوحة انتباهه..

كانت خزانة حديدية ضخمة، أفرغها الجد من محتوياتها منذ قليل، وترك بابها مفتوحًا، ريثما يرحّب بشقيقه الأصغر..

وفي فضول وشغف، اقترب (شريف) من الخزانة، وأمسك بابها، وراح يتطلّع داخلها في اهتمام، فعادت (مروة) تقول في ضجر:

- هيا يا (شريف).. حاول أن تمسكني.

تجاهلها الصغير، وهو يصعد إلى الخزانة، المستقرة على أرض الغرفة، ثم يجلس داخلها، ويعبث في محتوياتها القليلة الباقية، فهتفت غاضبة:

- (شريف).. لن أمنحك الحلوى.

بدا وكأنه لا يهتم بحديثها مطلقًا، فعقدت ساعديها الصغيرين أمام صدرها، وقالت محنقة:

- حسنًا.. أنا غاضبة..

وغادرت الحجرة في غضب، في حين واصل هو لعبة، واستغرقه هذا الأمر تمامًا، حتى أنه لم يشعر بقدوم الخادمة، التي لم تنتبه إلى وجوده بدورها، فأقدمت على عمل رهيب..

أغلقت باب الخزانة..

وغرق الصغير فجأة في ظلام دامس رهيب..

ولكن العجيب أنه لم يشعر بالخوف..

فقط أسند ظهره لجدار الخزانة، وجلس ينتظر .. وبكل هدوء..

☆ ☆ ☆

"أين (شريف) يا (مروة)؟.."

سألت (نادين) الصغيرة في قلق، عندما انتبهت فجأة إلى أنها تلعب وحدها، داخل حجرة الضيوف، فواصلت (مروة) لعبها، وهي تجيب:

- أنا غاضبة منه، فقد رفض اللعب معي.

سألتها (نادين) في قلق أكثر:

- وأين هو الآن؟

أجابتها الصغيرة بهزة من كتفيها، وهي تقول:

- لست أدري.

هتفت (نادين) في ذعر:

- لست تدرين؟!.. أين ابني؟

أسرعت تعدو كالمجنونة، في أرجاء الفيلا، وفي تهتف باسم ابنها، أسرعت إليها أمها منزعجة، وهي تسألها:

- ماذا حدث؟.. أين (شريف)؟

انهمرت الدموع من عيني (نادين)، وهي تقول:

- لم أجده في أي مكان.. لقد ضاع ولدي.

حاول الأب تهدئتها، وهو يقول:

ـ ســنجده بإذن الله يا بنيتي.. اطمئني.. لا يمكن أن يذهب بعيدًا.

راح الجميع يبحثون عن الطفل، في الفيلا كلها، ثم قال شقيق الوالد في توتر:

ـ لا يوجد أدنى أثر له.. أخشى أن..

صرخت (نادين):

ـ أن ماذا؟.. ماذا يمكن أن يحدث؟

ثم استدارت إلى (مروة)، صارخة :

ـ أين (شريف) يا (مروة)؟

بكت الصغيرة في خوف، وهي تقول:

ـ لســت أدري.. لقد كنا نلعب معًا، عندما تركني، وراح يعبث بالخزانة الكبيرة.

اتسعت عينا الأب في ذعر، وهو يهتف:

ـ الخزانة.. أية خزانة؟

أجابته (مروة) باكية:

ـ خزانتك يا عماه.. تركني وراح يلعب داخلها.

صــرخت (نادين) في ذعر، وهوت الأم على أقرب مقعد إليها، في حين اندفع الوالد وشــقيقه إلى حجرة المكتب، والأب يهتف:

ـ منذ متى حدث هذا؟

أجابته (مروة)، وهي تنتحب:

ـ قبل برامج الأطفال بقليل.

هتف مذعورًا:

ـ أي منذ ســاعة كاملة؟!.. رباه!.. الخزانة محكمة الإغلاق، ولن تكفيه كمية الهواء داخلها.

هوى قلب (نادين) بين قدميها، وهي تهتف:

- اختنق؟!.. ابنى اختنق.

انفجرت باكية فجأة، وسرت في جسد الوالد قشعريرة باردة، وهو يدير قفل الخزانة بأصابع مرتجفة، وخفق قلبه في عنف، عندما بدأ يفتح باب الخزانة..

وتجمد الجميع..

كانوا يتوقعون رؤية الطفل جثة هامدة، وقد اختنق من جراء نقص الأكسجين بالخزانة، ولكن بدلًا من هذا، وجدوه هادئًا، مبتسمًا، يجلس داخل الخزانة، ويتطلّع إليهم في سعادة وبراءة..

واندفعت (نادين) تختطف ابنها، وتعتصره في صدرها، وهي تهتف:

- ابنى حمدًا لله.. حمدًا لله.

أما الوالد، فقد حدق في الصغير ذاهلًا..

كان واثقًا من أن أي مخلوق بشري، لا يمكنه احتمال البقاء داخل الخزانة لساعة كاملة، دون قناع أكسجين خاص..

ولكن (شريف) فعل..

فعل ما لا يمكن أن يفعله بشري..

وفي ذهول وخفوت، راح الوالد يردّد.

- هذا الطفل غير عادي.. غير عادي بالتأكيد.

ولكن أحدًا لم يسمعه..

لحسن الحظ..

في الأعماق..

استرخت (نادين) على مقعدها الصغير في النادي، أمام حوض السباحة، تراقب طفلها الصغير بابتسامة حانية، وهو يعدو مع الأطفال الآخرين حول الحوض، ويطلق صيحات المرح والسعادة، ومع اللعب واللهو، وسرحت بأفكارها مع ذكريات الماضي، وتمنت لو أن زوجها (وفائي) كان معها الآن، يراقب ابنه، الذي كان يحلم بإنجابه، والذي يحمل اسمه الآن، و..

"صباح الخير يا (نادين)"..

انتزعها صوت (ماجد) من ذكرياتها، فانتفضت، والتفتت إليه بحركة حادة، جعلته يغمغم في حرج:

- هل أفزعتك؟

أطلقت ضحكة مرتبكة، وقالت:

- كنت شاردة فحسب.

بقي واقفًا أمامها، متطلعًا إليها، وكأنما يخشى الجلوس معها، وشعرت هي بالحرج من موقفه، فقالت:

- تفضل يا (ماجد).

بدا وكأنها قد أزاحت عن كاهله حملًا ثقيلًا بعبارتها، إذ ارتسم الارتياح على وجهه، وجلس على المقعد المقابل لها في هدوء، وهو يسألها في حنان:

- كيف حالك يا (نادين)؟

غمغمت:

- بخير حال والحمد لله.

سألها:

- وكيف حال (شريف)؟

صمتت لحظات، وهي تتطلّع إلى (شريف)، الذي انشغل بمراقبة بعض الصبية، وهم يلقون حصاة صغيرة، في قلب حوض السباحة، ثم أجابت:

ـ إنه طفل عادي، باستثناء عدم قدرته على الكلام حتى الآن، على الرغم من بلوغه سن الثالثة.

أجابها في حنان:

ـ لا تجعلي هذا يقلقك.. لقد أجرينا له اختبارًا للسمع، وثبت أنه سليم صحيًا، وعدم قدرته على الكلام أمر مؤقت، بدليل قدرته على الصراخ، و..

سألته مقاطعة في اهتمام:

ـ ألا يمكننا إجراء فحوص أخرى؟

أجابها في بساطة:

ـ بالطبع.. يمكننا إجراء رسم مقطعي للمخ، للتأكد من سلامة مركز الكلام، في الفص الأيسر للمخ، ما دام الأمر يقلقك إلى هذا الحد.

بدت أكثر ارتياحًا لهذا الاقتراح، وهي تقول:

ـ نعم.. أرغب في إجراء هذا.

شملهما الصمت، لحظات، بعد هذه العبارة، وتطلّع هو خلال هذه اللحظات إليها، وهي تتحاشى النظر إليه، ثم قال فجأة:

ـ أيضايقك وجودي يا (نادين)؟

سألته في حرج:

ـ لماذا تقول هذا؟

أجابها في ضيق:

ـ إنك تتحاشين النظر إليَّ، كما لو أنك تبغضينني.. لماذا يا (نادين)؟.. لماذا؟.. إنني لم أحاول الإساءة إليك أبدًا، ولم أقف في طريق سعادتك قط، حتى عندما اخترت

الزواج من (وفائي) - رحمه الله - وكنت أوَّل من جاء لتهنئتكما بعد الزواج، ولم أغضب، أو أفعل ما يمكن أن يغضبك مني إلى هذا الحد.
كان صادقًا في كل ما نطق به، حتى أنها شعرت بالحرج، وبتأنيب الضمير، وغمغمت وهي تبحث عن كلمات مناسبة لإجابته:
- لست غاضبة منك يا (ماجد).. صدقني.. المشكلة هي أن..
قاطعها فجأة صراخ بعض النساء، وحالة من الهرج، جعلتها تقفز من مقعدها، صائحة:
-(شريف) ..
تطلّعت إلى حيث كان، ولكنها لم تجده، ورأت البعض يسرعون نحو الجزء العميق من حوض السباحة، أسفل لوح القفز المرتفع، وبعض الصبية يهتفون:
- إنه (شريف).. لقد سقطت الحصاة في الجزء العميق من الحوض، فقفز خلفها ليحضرها..
صرخت مرة أخرى في رعب:
- (شريف).. (شريف).
كان ذلك الجزء من حوض السباحة، شديد العمق، حتى أن قراره كان يبدو مظلمًا، ومن العسير تبين الطفل داخله.. ولقد قفز مدربو السباحة إلى الأعماق، في محاولة لإنقاذ الصغير، في حين راح البعض الآخر يقول:
- لن يمكنه احتمال الضغط.. العمق هنا يبلغ ستة أمتار.
انهارت (نادين)، وراحت تصرخ:
- ابني (شريف).. (شريف).

التفت بعض النســاء حولها، ورحن يهدئن من انفعالاتها، في حين التقى حاجبا (ماجد) في شــدة، وهو يحدّق في الأعماق المظلمة..

مستحيل..!

مستحيل أن يبقى الطفل على قيد الحياة، في هذا العمق..!

لن يحتمل الضغط على أذنيه ورأسه..

ولن يحتمل البقاء لفترة طويلة دون هواء..

وفي أعماقه شعر بالحزن والمرارة..

مسكينة (نادين)..

لن تحتمل صدمة أخرى بفقد ابنها، بعد أن فقدت زوجها..

مسكينة هي..!

وصعد أحد المدربين إلى سطح الحوض..

وتعلقت به عيون الجميع..

ولكن يديه كانتا خاليتين، وعيناه تحملان يأس الدنيا كلها، وهو يهزّ رأسه نفيًا..

وتفجّرت الدموع في العيون..

وانهارت (نادين) ..

وظهر المدَّرب الثاني، وهو يحمل نفس اليأس والأســف والحزن..

ثم كانت المفاجأة..

مفاجأة مذهلة، اتسعت لها عيون الجميع، وخفقت قلوبهم، وتجمَّدت مشاعرهم..

قد برز (شريف) على السطح..

برز مبتسمًا، سعيدًا، ظافرًا، وهو يحمل الحصاة في يده، ويلوّح بها للصبية..

ولثوان، ران صمت رهيب على المكان..

ثم تفجرَّت الهتافات، واندفع الجميع نحو الحوض، وعلى رأسـهم (نادين)، التي بدت كالصـاروخ، وهي تقفز نحو الحوض، هاتفة:
- (شريف).. ابني.. ابني.
حمل أحد المدربين (شريف)، إلى حيث تقف أمه، وتركها تحتويه في صدرها، وهو يقول في حيرة شديدة:
- انها معجزة!.. ما فعله هذا الصـغير يعد مسـتحيلًا بالفعل!
لم تبـال (نـادين) بمـا يردّده ذلك الجمع من روّاد النـادي، الذي التف حولها..
لقد نجا ابنها..
وهذا كل ما يعنيها..
واقترب (ماجد) منها، وربّت على رأس (شـريف)، الذي ابتسـم له في هدوء، فبادله (ماجد) الابتسـام، وهو يقول لـ (نادين) في قلق:
- أظن أنه من الضروري أن نفحص (شريف).
ضمت ابنها إلى صدرها في قوة، وهي تقول:
- لماذا؟
قال محاولًا تهدئة انفعالها:
- لنطمئن عليه فقط.. إنه مجرد فحص عادي، فقد هبط إلى عمق كبير، وأخشـى أن تكون أذناه قد تعرّضـتا لأية أضرار.
تردَّدت، وهي تضـمّ ابنها إلى صـدرها، فكرَّر في لهجة تدعو إلى الثقة:
- صـدقيني.. إنه مجرَّد فحص بسـيط وروتيني.. هل توافقين؟

كانت تشعر بالخوف على ابنها، ولكنها أدركت صحة ما يقول (ماجد)، فأومأت برأسها، وغمغمت:

- أوافق.. أوافق يا (ماجد).

وضمت الصغير إلى الصدرها أكثر وأكثر..

☆☆☆

تضـــاعف قلق (نادين) وتوترها، وهي تقف خارج حجرة الرسم المقطعي للمخ، وبدت شديدة العصبية، وهي تسأل (ماجد):

- هل سيستغرق هذا وقتًا طويلًا؟

أجابها (ماجد) مهدئًا:

- لم يتبق الكثير.. وهي فرصـــة لفحص مركز الكلام، في الفص الأيسر من مخه.. اطمنني .

قالت والدموع تترقرق في عينيها:

- لقد أرهقوه كثيرًا، وهو لم يتعدّ الثالثة من العمر بعد.

كان يعلم أنه من الطبيعي أن تشـــعر بكل هذا القلق، على طفلها الوحيد، ولكنه كان يحاول تهدئتها، وهو يقول في رفق حنون:

- لم يرهقوه كما تتصـــوَّرين.. لقد فحصـــه طبيب الأنف والأذن والحنجرة فحســـب، وتأكد من ســـلامة طبلة أذنه، والآن يفحصـــون مخه، برســـام المخ المقطعي، وهذا ليس فحصًا مؤلمًا.

قالت وهي تفرك كفيها في شدة:

- ولكنني أشعر بالقلق.

ربَّت على كتفها، قائلًا:

- هذا أمر طبيعي.

انتفض جسدها مع لمسته..

لم تكن تحتمل أبدا أن يلمسها شخص آخر، بخلاف (وفائي)..

حتى لو كانت هذه اللمسة تلقائية بريئة..

وحتى لو كان هذا الشخص هو (ماجد)..

وعلى الرغم من هذا، فقد اعترفت في أعماقها ـ لأول مرة ـ أنها تعتبر (ماجد) شخصًا مختلفًا، عن كل من عرفتهم..

هو وحده تشعر نحوه بارتياح خاص..

ارتياح عجيب، يجعلها تخجل من نفسها في بعض الأحيان، وتشعر في أحيان أخرى أنها تخون (وفائي)..

تخون حبه..

وأحلامه..

لم تكن قد اعترفت نفسيًا بعد، بأن (وفائي) لم يعد ينتمي إلى عالمها..

لم يمكنها هذا قط..

وفجأة شعرت بتأنيب الضمير..

كيف تفكر في مثل هذا الأمر، وابنها يرقد داخل حجرة الفحص؟

كيف تنساه، وتذكر نفسها فحسب؟..

كاد تأنيب الضمير يفجّر تلك الدموع، الحبيسة في مقلتيها، عندما اندفع أحد الأطباء خارج حجرة الفحص، وقال لـ (ماجد).. في توتر بالغ:

ـ دكتور (ماجد).. إننا نحتاج إليك.

هوى قلبها بين ضلوعها، واحتبست صرخة ذعر في أعماقها، في حين سأل (ماجد) الطبيب في لهفة:

ـ ماذا هناك؟

ارتجف صوت الطبيب، وهو يقول:

ـ أمر عجيب يا دكتور (ماجد).. أعجب شـــيء رأيته في حياتي كلها.

وتوقف قلب (نادين) عن النبض.

عن ذلك الشئ..

عـدَّل الـدكتور (نـاجح)، رئيس قسـم جراحـات المخ والأعصـاب، منظاره، وهو يطالع رسوم المخ المقطعية، قبل أن يهزّ رأسه، قائلًا في حيرة:

- مدهش!

ثم التفت إلى (ماجد)، مستطردًا:

- أغرب شيء شاهدته في حياتي بالفعل.

التقط منه (ماجد) الرسوم، وراح يفحصها للمرة العاشرة، في حين ضمّت (نادين) (شـريف) إليها، وهي تسـأل في عصبية:

- هل يمكنكما شرح الأمر؟

التفت إليها الدكتور (ناجح)، وخلع منظاره، ليضـعه على سطح مكتبه، ثم ألقى نظرة طويلة على (شريف)، ومنحه ابتسامة هادئة، قبل أن يجيبها:

- مخ ابنك يحمل شيئًا عجيبًا يا سيدتي.

سألته في هلع، وهي تضمّ (شريف) إليها أكثر:

- أهو مرض ما؟

هزَّ رأسه نفيًا، وأجاب:

- كلا.. إنها بؤرة نشطة.

سألت في خوف:

- ماذا تعني؟

أجابها (ماجد) هذه المرة، وهو يشير إلى الرسوم:

- هذا الشـيء ليس خلايا بشـرية عادية، أو حتى مريضـة يا (نادين).. إنه جسم غريب، تم زرعه بوسيلة ما في مخ (شـريف)، بالقرب من مركز التنفس، وهذا الشـيء يبث إشارات نشطة للغاية، تؤثر بشكل ما على مخ (شريف)، وربما كانت السـبب في عدم تكلّمه حتى الآن، ولكننا لا

نستطيع الجزم بهذا، قبل إجراء المزيد من التجارب والفحوص، و..

هتفت مستنكرة:

- التجارب والفحوص؟!.. ماذا تظنون ابني بالضبط؟.. فأر تجارب؟!

أجابها الدكتور (ناجح) في هدوء وحسم:

- كلا يا سيدتي.. لسنا نظنه فأر تجارب، وإلا لكان مخه بين أيدينا الآن، ندرس فيه هذه الظاهرة بكل هدوء واهتمام، دون أن يفكر شخص واحد في الاعتراض، فيما عدا (جمعية الرفق بالحيوان) بالطبع.. وإنما نحن ننظر إلى ابنك باعتباره بشريًا، له كل الأهمية، ومن حقه أن يحظى بكل الرعاية والاهتمام والعناية، ولهذا السبب وحده نحاول إجراء المزيد من التجارب والفحوص، لنتيقن من أن هذا الشيء لن يؤذي ابنك، بوجوده داخل مخه، ولو على المدى البعيد، ولندرك ماهية هذا الشيء أيضًا، فنحن نجهل ما هو، وما الذي وضعه في مخ الطفل.. أهو جزء من أداة جراحية، تسلَّلت إلى مخه، في أثناء الولادة، واستقرَّ هناك، أم هو ورم من نوع جديد، له نشاط إشعاعي.. صدقيني يا سيِّدتي.. إننا سنجرى هذه التجارب والفحوص لمصلحة ابنك، وليس العكس.

صمتت (نادين) لحظات، وهي تتطلَّع إليه في ذعر، وردَّدت بصوت مختنق:

- لن أسمح لكم بإجراء أية تجارب عليه.

تدخل (ماجد)، قائلًا:

- (نادين).. هذا لمصلحة (شريف)، ولولا ذلك لما..

قاطعته، وهي تهب من مقعدها، وتحتضن (شريف) في شدة، وكأنها تحاول حمايته من عدو خفى:

- لا.. لن أسمح لكم بهذا.. لن أسمح لكم بإجراء تجاربكم عليه، كما فعل الآخرون.

حدق (ماجد) والدكتور (ناجح) في وجهها بدهشة، وغمغم (ماجد):

- أي آخرين يا (نادين)؟

زاغت نظراتها، وهي تقول في توتر :

- الآخرون.. أولئك الـ.. الـ ..

اتسعت عيناها فجأة في ذعر، وأفلتت الصغير، وهي تصرخ :

- لا.. لا.. لا تفعلوا هذا بطفلي.. لا.

تبادل (ماجد) والدكتور (ناجح) نظرات دهشة بالغة، في حين تطلع (شريف) إلى أمه في قلق وحيرة، وهي تردَّد:

- أرجوكم.. اتركوا طفلي.. اتركوه.

اتجه إليها (ماجد)، وأمسك كتفيها في رفق، وهو يقول:

- اهدئي يا (نادين).. اهدئي.. لا أحد يرغب في الإساءة إلى طفلك.

صرخت وهي تدفعه بعيدًا عنها:

- لا.. ابتعدوا عني.. لا تفعلوا بي هذا.. لا.

ثم أمسكت جانبي رأسها بكفيها، صارخة.

وهوت بين تراعي (ماجد).

وفقدت الوعي..

☆ ☆ ☆

أجسام بالغة الطول أحاطت بها..

عيون ضخمة مستديرة..

نظرات ثابتة حادة..

أذرع نحيلة، تنتهي بأربع أصابع، امتدت نحوها، لتنتزع منها طفلها..

(شريف) يتشبث بها في رعب، وهي تصرخ..
- لا.. لا.. اتركوا ابني.. اتركوه..
ثم استعادت وعيها..
اســـتعادته بغتة، وحدّقت في الوجوه المحيطة بها، والتي يطل منها القلق البالغ، وميزت بينها وجهي (ماجد) والدكتور (ناجح)، فهتفت مذعورة:
- (شريف).. أين (شريف)؟
أجابها (ماجد) في سرعة:
- (شريف).. بخير.. ها هو ذا.
أطلّ عليها وجه (شـــريف)، بعينين حزينتين، يخلوان من الدمع، وهو يتطلّع إليها في لهفة وقلق، فاعتدلت جالســـة، واحتضنته في سعادة وحنان، وهي تسأله:
- (شريف).. أأنت بخير؟.. أأنت بخير يا (شريف)؟
دفن الصغير جسده في صدرها، وسألها (ماجد) مشفقًا:
- أجيبيني أنت يا (نادين): أأنت بخير؟
أمسكت رأسها، ومررت أصابعها عبر خصلات شعرها الطويلة، وهي تقول في إرهاق:
- نعم.. إنني بخير.. فقط تلك الكوابيس اللعينة..
تبادل نظرة ســـريعة مع الدكتور (ناجح)، ثم جلس على طرف فراشها، وسألها في حنان:
- أية كوابيس يا (نادين)؟.. أخبريني.
تنهدت في توتر، وهزت رأسها، قائلة:
- إنها كوابيس بشعة، أبشع من أن أرغب في روايتها.
اقترب بوجهه منها، وسألها في خفوت:
- أهي حقًا مجرد كوابيس يا (نادين)؟
انتفضت، وحدّقت في وجهه بفزع، ثم سألته:
- ماذا تعني؟

ربَّت على كتفها في حنان، مغمغًا:
- لا شيء يا (نادين).. لست أعني شيئا.
في هذه المرة لم ينتفض جسدها للمسته.
لم تدر لماذا، ولكنها لم تفعل..
ربما لأنها كانت تحتاج، في هذه اللحظات، إلى شخص يحمل إليها الشعور بالحب والأمان..
شخص تثق به، وترتاح إلى قربه..
ولكن فجأة استعاد ذهنها تلك المشاهد الرهيبة..
الأجسام الطويلة، ذات البشرة الأرجوانية الباهتة، والعيون الضخمة الثابتة المستديرة، ذات النظرات الحادة، والذراع النحيلة، ذات الأصابع الأربعة، و..
وانتفض جسدها مرة أخرى في عنف، وهي تحدّق في وجه (ماجد) في ذعر، فأبعدت يده عن كتفها بحركة حادة، وهو يقول في ارتباك شديد:
- معذرة.. لم أكن أقصد.
ولكنها تشبثت به، وهتفت مذعورة:
- لا تدعهم يأخذون (شريف) يا (ماجد).. امنعهم.. أرجوك.
سألها في قلق:
- من هم يا (نادين)؟.. من أولئك الذين ينبغي أن أمنعهم من هذا؟
فتحت فمها لتجيب، ثم تجمَّدت الكلمات في حلقها ..
حقًا.. من هؤلاء؟..!
ما تلك المخلوقات، التي تراها في كوابيسها؟..
وماذا عن سؤال (ماجد)؟..
أهي مجرَّد كوابيس حقا؟..!

شملتها الحيرة طويلًا، فشرد بصرها، ولاذت بالصمت، وضَّمت صغيرها إلى صدرها أكثر وأكثر، فسألها (ماجد)، والقلق في أعماقه يتصاعد:

- من هم يا (نادين)؟.. من هم؟

نقلت بصرها بينه وبين الدكتور (ناجح)، ثم دفنت وجهها في كفيها، وهي تقول باكية:

- لست أدري.. لست أذكر شيئًا.

عقد الدكتور (ناجح) حاجبيه، وهو يتطلّع إليها في اهتمام، ثم لم يلبث أن سألها في هدوء:

- لماذا تشعرين بالخوف يا سيدتي؟

انتفض جسدها، وهي تجيب:

- الخوف؟!.. لماذا تظن هذا يا دكتور (ناجح)؟

هز رأسه في هدوء، وقال:

- ليس مجرَّد ظن يا سيدتي.. إنه يقين.. كل خلية من خلجاتك تؤكد أنك تعانين من خوف مبهم، يطلّ من أعماقك لسبب ما، ربما كنت أنت نفسك تجهلينه.

بدت شاردة بضع لحظات، ثم أجابت:

- ربما كان هذا صحيحًا، فأنا أرتجف من داخلي، وأرى أمامي دائمًا صورة مخلوقات عجيبة مخيفة، لست أذكر متى رأيتها، وأين؟!

سألها (ماجد) في اهتمام:

- أيبدو لك الأمر كما لو أنه توجد في عقلك منطقة مظلمة، تجهلين ماذا يدور فيها بالضبط؟

هتفت في دهشة:

- كأنك تصف شعوري تمامًا.

اعتدل في قلق واضح، وهو يغمغم:

- هذا ما توقعته.

سأله الدكتور (ناجح):
- ما الذي توقعته بالضبط؟
- أجابه (ماجد)، وهو يشير إلى (شريف):
- هذا الطفل تعرض لتجربة ما.. تجربة رهيبة، أجراها بعضـــهم لغرض خفي.. و(نادين) رأت التجربة، أوعلمت بها، ولكن أصـحاب التجربة أمكنهم محو هذا من ذاكرتها تمامًا، بوســـيلة قد نعلمها أو نجهلها، والأســـلوب الوحيد لمعرفة هذا، هو إنعاش ذاكرتها، وإضـــاءة ذلك الجزء المظلم منها، لنعلم ما حدث بالضبط..
ردَّدت (نادين) في هلع:
- تجربة رهيبة؟!.. (شـــريف) تعرض لتجربة رهيبة؟!.. يا إلهي!.. لماذا يفعلون به هذا؟
رمقها الدكتور (ناجح) بنظرة جانبية، قبل أن يقول له (ماجد):
- رواية عجيبة يا (ماجد)، تبدو لي أشـــبه بأفلام الخيال العلمي الأمريكية، على الرغم من توافقها مع الأحداث.. ولكن دعنا نفترض أنها حقيقة، وأن عقل الســـيِّدة (نادين) يحوي منطقة مظلمة، أغشـــى أحدهم ذاكرتها فيها، ومحا منها تفاصـــيل تلك التجربة، التي تفترض حدوثها، فكيف يمكننا أن نضـــيء هذا الجزء المظلم، ونخرج ما تختزنه فيه؟
اعتدل (ماجد)، وهو يقول:
- هناك وسيلة علمية واحدة، يمكنها التوصل إلى هذا في سرعة.
سألته في اهتمام:
- ما هي؟
تطلّع (ماجد) إلى (نادين)، وهو يجيب:

ـ التنويم.. التنويم المغناطيسي.

وارتجف قلب (نادين) في قوة.

الحاجز..

تطلَّع الدكتور (صدّيق)، الطبيب النفسي الشهير، إلى عيني (نادين)، وهو يقول في صوت هادئ عميق:

- لا تقلقي.. حاولي تحرير رأسك من كل الأفكار والمخاوف، وتطلعي إلى عيني مباشرة.

بدت لها عيناه عميقتين، ثاقبتين، وهي تتطلع إليهما، وتغمغم :

- (شريف).. أين (شريف)؟

أجابها في عمق:

- (شريف) يقف خلفي، مع الدكتور (ماجد).. حرّري رأسك من قلقك عليه، وركزي تفكيرك كله في عيني.

راحت عيناه تزدادان عمقًا، وهي تغوص داخلهما في بطء، وصوته يبلغ رأسها من بعيد:

- دعي كل عضلاتك تسترخي.. استسلمي للنوم..

تثاقل جفناها، وتساقطا في إرهاق، وخيل إليها أنها تغوص في أعماى بئر سحيقة، وصوته يأتي من بعيد:

- عودي بذاكرتك إلى الخلف.. إلى ذلك اليوم الذي بدأت فيه التجربة.. وببطء.

تفكَّكت أوصالها مرة أخرى، واندفعت خلاياها عبر أنبوب مظلم رهيب..

"عودي إلى التجربة"..

تردَّد الصوت في أعماقها، مع صدى مزدوج، وبدت العينان أمامها ضخمة، واسعة، مستديرة، ثابتة، و..

وصرخت فجأة..

تطلَّع إليها (شريف) في قلق، وهي تلوَّح بيديها صارخة:

- ابتعدوا عني.. لا تفعلوا بي هذا.. لا.

بدا القلق في وجه الدكتور (صدّيق) وصوته، وهو يقول:

- اهدئي.. لا يوجد ما يخيف.
صرخت في رعب أكثر:
- لا.. اتركوني.. اتركوني.
راحت تشـــهق في قوة وعنف، وكـأنهـا تجـاهد لالتقـاط أنفاسها، فهتف (ماجد):
- ماذا أصابها؟
أجابه الدكتور (صدَّيق) في ارتباك واضطراب:
- لست أدري.. يبدو أننا أصبنا نقطة محصنة من عقلها.
تصـاعدت شـهقاتها، واتسعت عيناها في رعب، وتراجع (شريف) مذعورًا، في حين هتف (ماجد):
- لا تتركها هكذا يا (صـــدَّيق).. دعها تســـتيقظ يا رجل.. أسرع.
- اضــطرب (صـدَّيق)، وهو يرفع سـبابته وإبهامه أمام عيني (نادين)، هاتفًا:
- استيقظي.. هيا.. عودي إلى الواقع.
ولكن شـــهقاتها ازدادت حدة، وكانت عيناها تجحظان، وهي تمســـك عنقها بكفيها، وكأن أحدًا يخنقها بلا رحمة، فصاح (ماجد):
- هيا يا (نادين).. استيقظي.. استيقظي.
ولكن هيهات..
لقد تسللت زرقة مخيفة إلى وجهها، وخفتت شهقاتها، كما لو أنها ستسلم الروح بعد قليل، وصرخ (ماجد) في يأس:
- لا يا (نادين).. قاومي.. قاومي.
تجمَّدت نظراتها، وانخفض معدَّل تنفسها بغتة، و..
وفجأة ظهر (شريف)..
عبر الطفل بين الطبيبين بغتة، ومد يديه ليمســك كفي أمه في قوة، وهو يتطلّع إليها بنظرة عجيبة..

وفجأة أيضًا، هدأ كل شيء..
اختفت الزرقة، وهدأت (نادين)، وعاد إليها تنفسها الطبيعي، وتطلّعت إلى ابنها بنظرة عجيبة، تحمل شيئًا من الدهشة والخوف، في حين ارتسمت على شفتيه الصغيرتين ابتسامة فرح، فجرت الدهشة في عيني (ماجد) و(صدّيق)، قبل أن يهتف هذا الأخير:
- كيف فعلتها أيها الصغير؟
تنهّد (ماجد)، وقال:
- هذا ما نسعى لتنويم أمه من أجله.. أن نعرف كيف يفعلها هذا الصغير.
حملت (نادين) ابنها، وتطلعت إليه في حيرة وقلق، قبل أن تضمه إلى صدرها في قوة، فسألها (ماجد):
- ماذا حدث؟
تطلّعت إليه في خوف، قبل أن تجيب:
- شيء رهيب.. لقد أحاطوا بي، وكادوا يخنقونني، لولا أن..
بترت عبارتها بغتة، وهي تتطلّع إلى (شريف) في حيرة، فسألها (صدّيق) في شغف:
- لولا ماذا؟
تطلّعت إليه في حيرة، وهي تقول:
- لولا أن ظهر (شريف) فجأة.
ضمّته إلى صدرها أكثر، وتابعت بكلمات تتقاطر منها الحيرة:
- ومع ظهوره تراجع الجميع، وانحنوا له في تبجيل، فأشار هو إليهم في عظمة وصرامة، وأمسك يدي، وقادني بينهم، دون أن يجرؤ أحدهم على اعتراضي، حتى خرجنا.

سألها الدكتور (صدَّيق)، وفكه يتدلى في ذهول:
- خرجتما من ماذا؟
أجابته في سرعة:
- من الـ..
بترت عبارتها بغتة، وارتسمت حيرة شديدة في عينيها، قبل أن تقول:
- لست أدري.. لقد نسيت كل شيء بغتة.
حدَّق الدكتور (صديق) في وجهها مرة أخرى في ذهول، ثم تراجع في مقعده، والتفت إلى الدكتور (ماجد) بنظرة حائرة، جعلت هذا الأخير يقول في رفق، وهو يعاون (نادين) على مغادرة مقعدها:
- حسنًا يا (نادين).. لقد انتهى كل شيء على أية حال.. هل يمكنك الانتظار خارجًا مع (شريف)، حتى أتبادل مع الدكتور (صدَّيق) حديثًا قصيرًا.
تطلّعت إليه بعينين حائرتين، خائفتين، قلقتين، ثم أومأت برأسها متمتمة:
- سننتظرك.
منحها ابتسامة مشجعة، قبل أن تغادر الحجرة، ثم التفت إلى الدكتور (صدَّيق)، يسأله في جدية:
- ما رأيك؟
هزّ (صديق) رأسه في شدة، قائلًا:
- إنها مجنونة.
هتف (ماجد) في دهشة:
- مجنونة؟!.. أي قول هذا يا رجل.. إنني أسألك عن رأيك العلمي.
لوَّح بذراعه، هاتفًا:

ألم تسمع ما قالته؟.. إنها امرأة مصابة بالهوس!.. خيالها خصب للغاية، ولكنه يفتقر إلى المنطقية.

قال (ماجد) في صرامة:

- لو أن الفكرة التي تدور في رأسي صحيحة، فهي إنسانة واقعية للغاية، وقصتها منطقية تمامًا.

حدَّق (صدِّيق) في وجهه بدهشة، وقال:

- أية فكرة هذه، التي تجعل هذا التخريف واقعيًا ومنطقيًا؟!

تنهَّد (ماجد)، وهو يتطلّع إليه لحظة في صمت، ثم قال:

- هذه القضية يختفي خلفها قوم من كوكب آخر.

هتف (صدِّيق):

- ماذا؟.. هل انتقلت العدوى إليك؟.. أخشى أن تخبرني ان هذه السيدة قد تم اختطافها في طبق طائر، و..

قاطعه (ماجد) في صرامة:

- هذا ما أقصده بالضبط.

عاد (صدِّيق) يحدِّق في وجهه، قبل أن يهتف مستنكرًا :

- أهذا هو الرأي العلمي، الذي تتحدث عنه؟

أجابه في حزم:

- بالتأكيد.. كل الشواهد والظواهر تقود إلى هذا الافتراض، على الرغم من غرابته، ومن عدم تصديقك له، فهناك ذلك الجسم الغامض، الذي يستقر في عقل (شريف)، والذي لم نر مثيلًا له من قبل، وقدرة هذا الطفل على احتمال البقاء دون تنفس لفترات طويلة، وما حدث اليوم لـ (نادين).. ورد فعل (شريف).. ألا يكفيك كل هذا، و..

قال (صدّيق) معترضًا:

- لسنا نعرف طبيعة ذلك الجسم بعد، وربما كان مجرَّد أداة جراحية مفقودة ، كما يفترض الدكتور (ناجح)، والبقاء دون تنفس هذا أمر وارد، يفعله فقراء الهنود كل يوم، في أسواق (نيودلهي).. أما بالنسبة لما حدث اليوم، فليس هذا هو التفسير الوحيد له.

ساله (ماجد) في حدة:

- ألديك تفسير منطقي آخر؟

هتف (صديق):

- بالتأكيد.. ربما اختلق عقلها الباطن هذه القصة كلها، وعندما أمسك ابنها كفيها، تلقى مخها هذا الأمر، وحوره في عقلها الباطن إلى هذا المشهد العجيب، الذي يسيطر فيه ابنها على الموقف، وينقذها من بين أيديهم.

سأله (ماجد) في غضب:

- وهل يفتعل عقلها الباطن عملية اختناقها؟

أجابه في حزم:

- العقل الباطن يمكنه أن يفعل أكثر من هذا.

تطلّع كل منهما إلى الآخر في صمت، ثم تنهَّد (ماجد)، وقال:

- لا بأس.. ما دام هذا هو رأيك، ولكن.. هل يمكننا إعادة التجربة مع احتياطات أمن مثلًا؟

هز (صديق) رأسه نفيًا، وقال:

- ليس قبل علاج نفسي طويل لها.

أومأ (ماجد) برأسه متفهمًا، وقال:

- لا بأس.. أشكر لك تعاونك على أية حال.

غادر الحجرة إلى الممر الخارجي، وأجبر شفتيه على رسم ابتسامة، وهو يتطلّع إلى (نادين) و(شريف)، فنهضت (نادين) تسأله في قلق:

- ماذا قال؟

هزَّ كتفيه، قائلًا :

- لم يتوصَّل إلى شيء محدود بعد.

كانت تعلم أنه يخفي شيئًا ما، ولكنها لم تحاول سؤاله عما يخفيه وكأنها تخشـــى معرفة ما لديه، فخفضـــت وجهها أرضًا، وغمغمت:

- هكذا؟!

شعر بالضيق لموقفه، وحاول أن يبدل الحديث، فسألها:

- هل ستعودين إلى منزلك؟

أومأت برأسها إيجابًا، فأضاف:

- لقد حضـــرنا إلى هنا بسـيارتي، فهل تسـمحين لى بتوصيلك هذه المرة إلى منزلك.

أدهشها أنها لم ترفض هذه المرة..

كانت تحتاج إلى وجوده..

وفي بسـاطة أدهشته، تركته يوصـلها مع (شـريف) إلى منزلها..

وفي الطريق سألها في حذر:

- أمازلت ترفضين إجراء الاختبارات لـ (شريف)؟

أجابته في حزم:

- كفاه اختبارات.

صمت لحظة، ثم قال:

- ولكن هناك أمر حتمي، ليس من الحكمة رفضه.

سألته:

- ما هو؟

أجابها في خفوت :

- ذلك الشيء في رأسه.

قالت متوترة:

- ماذا عنه.

أجاب في حسم:

- لابد من إخراجه.

هتفت مستنكرة:

- بعملية جراحية؟!

سألها حازمًا:

- ألديك وسيلة أخرى؟!

ضمَّت (شريف) إليها في خوف، وقالت:

- لا، ولكنني لا أقبل تعريضه لهذه المخاطرة.

قال في حزم:

- لست أظنك تملكين الخيار يا (نادين)، فبقاء هذا الشيء في رأسه، قد يعرضه لأكبر خطر ممكن.

سألته مرتجفة:

- أي خطر هذا؟

أجاب في صـــرامة، لم يدر كيف وجد الشـــجاعة لاستخدامها:

- الموت يا (نادين).

وهوى قلبها بين ضلوعها من جديد.

العملية..

"عملية جراحية لـ (شريف)؟! "

نطقها الحاج (عمار) في جزع شديد، وضربت زوجته صدرها براحتها، هاتفة في ذعر:

- عملية جراحية في المخ؟!.. ماذا تقول يا (ماجد)؟.. كيف تفعل هذا بـ (شريف)؟

أجابهما (ماجد) في حزم:

- إنني أسعى لصالحه يا زوجة خالي.. لقد أخبرتكما بحالة (شريف) بالضبط، وبخطورة وجود جسم غريب داخل جمجمته، وعند مركز التنفس بالذات، فالطفل سينمو، ويكبر، ويزداد حجم مخه، في حين سيبقى ذلك الجسم محافظًا على حجمه، وبالتالي سينغرس تدريجيًا في خلايا المخ، مما قد يسببِّ الوفاة لـ (شريف)، أو يتسبَّب في إصابته بعجز تام.

صاحت الأم:

- لا تنطقها يا (ماجد).. استعذ بالله يا ولدي، وبعدًا للشر عن (شريف).

أجاب بلهجة أشد حزمًا:

- ليس هذا رأيي يا زوجة خالي.. إنه رأى العلم.

لوَّحت بكفها، هاتفة:

- وما الذي يعرفه العلم؟

أجابها الحاج (عمار):

- الكثير يا عزيزتي.. الكثير.

وزفر محاولًا تبديد توتره، قبل أن يسأل (ماجد):

- أأنت واثق من ضرورة إجراء الجراحة يا ولدي؟

أجابه (ماجد):

- إنها حتمية يا خالي.

نقل الأب بصـره إلى (نادين)، التي انزوت جانبًا، وهي تضمّ صغيرها إلى صدرها في قوة، وسألها :

- ما رأيك يا بنيتي؟

أجابته في عصبية:

- لن أترك (شريف) لهم.

هزَّ (ماجد) رأسه، وقال في ضيق:

- لقد شرحت لك الأمر يا (نادين).

قالت في حدة:

- أحتاج إلى رأي طبيب آخر.

فجَّرت عبارتها في أعماقه ضـيقًا بلا حدود، فقال وهو يشيح بوجهه عنها:

- هذا من حقك.

قالت في عصبية:

- لن أترككم تعبثون بمخ ابني، إلا للضرورة القصوى.

أجابها في ضيق:

- لسـنا نعبث بمخ أحد يا (نادين).. لم تعد جراحات المخ كالسـابق، فكل شـيء يتم تحديده قبل الإجراء الفعلي للعملية الجراحية.. صـور المخ، ورسـوم الأشـعة المقطعية، والاختبارات الأخرى، بحيث تصبـح العملية في حد ذاتها مجرَّد خطوة في برنامج كبير، ولست أبالغ لو قلت أنها ليست أصعب الخطوات.

قالت في عناد:

- ولو.. أحتاج إلى رأي طبيب آخر.

زفر في توتر، وقال:

- حسنًا.. هل تقترحين طبيبًا بذاته؟

أجابته في حزم:

- نعم.

سألها:

- من هو؟

أدهشـه الجواب وأثار ارتياحه في الوقت ذاته، عندما قالت:

- الدكتور (ناجح).

وأدرك أن العملية ستجري لـ (شريف)، بإذن الله..

☆☆☆

كان يومًا لا مثيل له، في حياة (نادين)..

يوم لم تشعر بمثل قلقه ورعبه، في عمرها كله..

يوم إجراء العملية الجراحية لـ (شريف)..

كـانـت تجلس مع والـديهـا، خـارج حجرة العمليـات الجراحية، التي تم نقل (شريف) إليها منذ لحظات، تفرك كفيها في عصبية وقلق بالغين، ووالدتها تبكي في حرارة، في حين راح والدها يصلي، ويدعو الله (سبحانه وتعالى) أن تتم العملية بنجاح..

وفي الداخل وقف الدكتور (ناجح) و(ماجد)، وحولهما عدد من الأطباء المعاونين وفتيات التمريض..

وكان كل شيء محسوبًا بمنتهى الدقة، كما قال (ماجد)..

موضع الجسم الغريب..

المكان المناسب لفتح الجمجمة..

الأدوات الأفضل..

كل شيء..

وفي هدوء واثق، تطلّع الدكتور (ناجح) إلى الشـاشـة أمامه، وهو يقول:

- ستنجح بإذن الله ورعايته يا رجال.

قالها وتناول أدواته، وبدأ يثقب جمجمة (شريف) ثقبًا دقيقًا، في موضع تم اختياره في عناية بالغة وفائقة، ولعمق مدروس، ثم التقط أدواته، وبدأ يدخلها عبر الثقب الدقيق، وهو يقول:- لقد تقدَّمت جراحات المخ بالفعل، فاليوم نكتفي بفتحة بقطر نصف السنتيمتر، وبمعاونة رسَّام المخ المقطعي، بحيث ندرك جيدًا ما نفعله، دون الحاجة إلى نزع نصف جمجمة المريض.

لم يجب أحدهم، أو يعلِّق بحرف واحد على حديثه، وهم يتابعون أصابعه الماهرة في اهتمام بالغ، فأضاف وهو يحرك أدواته في حنكة:

- ها نحن أولاء نقترب من ذلك الجسم الغريب، وسنلتقطه في بساطة، و..

وفجأة بدأ جسم (شريف) يرتجف في قوة، فسحب الدكتور (ناجح) أدواته في سرعة، وتطلَّع إليه في دهشة، ثم رمق طبيب التخدير بنظرة غاضبة، ولكن هذا الأخير قال في ارتباك:

- إنه مخدَّر بالفعل، وجميع البيانات والمؤشرات تقول هذا.

بدت الدهشة على وجه الدكتور (ناجح)، وعاد يدخل أدواته مرة أخرى، ولم يكد يلمس ذلك الجسم الغريب، حتى عاد جسد (شريف) يرتجف في عنف، وانطلق رسَّام المخ الكهربي، المتصل برأسه، يرسم خطوطًا ومنحنيات عنيفة، فهتف (ماجد):

- توقف يا دكتور (ناجح).. أخرج الأدوات.

ولكن الدكتور (ناجح) واصل عمله في عناد، فتضاعفت قوة ارتجاف جسد (شريف)، وبدأت ظاهرة أخرى عجيبة، ومخيفة.

لقد اهتزَّت كل الأدوات الموجودة في حجرة العمليات، وراحت ترتجف في شـــدة، ثم تســـاقطت خزانة أدوات ضـــخمة، وأطلقت دويًا هائلًا، جعل (ماجد) يصـــرخ في انفعال:

- كفى يا دكتور (ناجح).. كفى..

وهنا فقط ســـحب الدكتور (ناجح) أدواته بحركة حادة، وتراجع في دهشة وتوتر بالغين..

وفي الخارج صـــك الدوي مســـامع (نادين) ووالديها، فاندفعت نحو حجرة العمليات الجراحية صارخة:

- ولدي.. (شريف).. (شريف).

منعها والدها من اقتحام الحجرة، وهو يهتف بها:

- لا يا ابنتي.. لا تفعلي هذا.. ســـتعرضـــين حياة ابنك للخطر لو فعلت.

تراجعت خوفًا على حياة ابنها، وجســـدها كله يرتجف في قوة، وانهمرت الدموع من عينيها غزيرة، وشاركتها أمها البكاء، في حين راح الأب يتلو بعض آيات القرآن الكريم في صوت خافت..

وفي الداخل هدأ كل شـــيء بغتة، عندما انتزع الدكتور (ناجح) أدواته من مخ (شريف)، وتراجع مذعورًا..

توقَّف ارتجاف الأدوات..

وتوقف جسد (شريف)..

وران صمت رهيب على المكان..

صمت دام ثواني معدودة، بدأت أشبه بدهر كامل، قبل أن يقول (ماجد) في ذهول:

- إنهم يمنعوننا من انتزاعه.

همهم طبيب آخر في دهشة:

- من هؤلاء؟

وهزَّ الدكتور (ناجح) رأسه، وهو يقول:
- ما أعجب هذا!
ثم استدار وهو يشير إلى الممرضة، لتجفف بعض العرق البارد، الذي سال على جبينه:
- إننا نواجه شيئًا مجهولًا بالفعل.
تمتمت إحدى الممرضات في ذعر:
- أهو زلزال، ذلك الذي أصاب المكان؟
أشار الدكتور (ناجح) إلى رأس (شريف)، وقال في توتر:
- نعم.. زلزال، كان مركزة رأس هذا الطفل.
حدَّق الجميع في رأس (شريف) في حيرة ودهشة، في حين غمغم (ماجد) في انفعال:
-(سيكوكينيزيس) ..
سألت الممرضة:
- وما هو هذا الـ(سيكوكينيزيس)؟
قال (ماجد):
- (سيكوكينيزيس): هي كلمة تتكون من مقطعين.. (سيكو): وتعني شيء نفسي، و(كينيزيس)، وتعني الحركة.. والكلمة في مجملها تعني تحريك الأشياء بالتأثير العقلي، أو النفسي، ودون لمسها بالأيدي، وهذه القوة واحدة من القوى المعروفة، في علم ما فوق الطبيعيات والنفسيات، وهناك حالات مسجلة، لبعض من يمتلكونها بالفعل.
أومأ الدكتور (ناجح) برأسه إيجابًا، وقال:
- نعم.. ويبدوا أننا قد أطلقنا ماردًا من عقاله، في عقل هذا الصغير.
وفجأة هتف طبيب التخدير في ذعر:

- ياالهي!.. الصغير.. إنه..
سأله (ماجد) في ذعر:
- ماذا أصابه؟
شحب وجه الطبيب في شدة، وهو يردّد في هلع:
- لقد.. لقد..
وانهار مستطردًا:
- لقد مات .
واتسعت عينا (ماجد) في ارتياع:

المارد..

انهمرت دموع (نادين) كالسيل، وراحت تنوح على نحو يمزّق القلوب، وهي تقول في حزن عارم رهيب:

- كنت أعلم أن هذا سيحدث.. كنت أشعر به.

شاركتها أمها البكاء الحار، في حين راح والدها يتلو آيات قرآنية في صوت خافت، لا تكاد تتبين منه سوى اختلاجة شفتيه، وبدا (ماجد) شديد الارتباك، وهو يقول:

- إنه ليس خطأ أحد.. صدقيني يا (نادين).. كان كل شيء يسير على ما يرام.. عندما حدث هذا.

لم يبد أنها سمعته، وهي تردّد بحزنها الشديد:

- ما كان ينبغي أن أوافق على هذا.. ما كان ينبغي أبدًا.

تدَّخل الدكتور (ناجح)، قائلًا:

- على العكس يا سيَّدتي.. لقد فعلنا ما تحتم علينا فعله، والأمور لم تبلغ هذا الحد من السوء.

صاحت به:

- لم تبلغ ماذا؟.. وما الحد الذي كنت تتوقع لها أن تبلغه؟

أشار إلى ابنها، الراقد على الفراش المجاور لها، وهو يقول في حزم:

- أن يلقى مصرعه فعليًا.

شهقت أمها، وهتفت بسرعة من وسط دموعها، وهي تنحني على الصغير الساكن، وتحتضنه في لهفة:

- بعدًا للشر.

أما (نادين)، فقالت في عدوانية :

- وهل نجا من هذا؟.. ها هوذا يرقد أمامك، في غيبوبة كاملة.

أجابها الدكتور (ناجح):

- سيتجاوزها يا سيَّدتي.. سيتجاوزها بإذن الله (سبحانه وتعالى).. صدقيني، فلقد شاهدت عشرات الحالات المشابهة من قبل، وغيبوبتهم هذه لا تتجاوز الأيام الثلاثة، وبعدها يستعيدون وعيهم وصحتهم كاملين.

ثم زفر في قوة، وهزَّ رأسه، قبل أن يستطرد:

- ولكنني لن أنسى أبدًا ذلك الموقف الرهيب، في حجرة العمليات الجراحية، عندما أعلن طبيب التخدير أن (شريف) قد توقف عن التنفس تمامًا.. لحظتها تصوَّرنا جميعًا أنه قد لقي مصرعه، لولا أن رسام المخ الكهربي، وجهاز قياس نبضات القلب، كانا يعلنان في وضوح أنه على قيد الحياة.

غمغم الحاج (عمار):

- ربَّما كان طبيب التخدير يفتقر إلى الخبرة اللازمة.

هزَّ الدكتور (ناجح) رأسه نفيًا، وقال:

- على العكس.. إنه واحد من أكبر وأبرع أطباء التخدير هنا، ولكن (شريف) ليس طفلًا عاديًا، فهو يمتلك مقدرة عجيبة على كتمان أنفاسه لفترة طويلة للغاية، وربما كان هذا بسبب تلك الشيء، الملتصق بمركز تنفسه، والذي عجزنا تمامًا عن انتزاعه!

التقى حاجبا الجدّ، وهو يستعيد ذكرى ذلك اليوم، الذي عثر فيه على (شريف) هادئًا مبتسمًا، داخل الخزانة الحديدية، وتمتم:

- بالتأكيد.

وهنا قال (ماجد) في اهتمام:

- لا تنس قدرته على احتمال الضغط يا سيّدي، فقد غاص إلى عمق ستة أمتار، دون أن يعاني جسده من أي إصابات واضحة.

أومأ الدكتور (ناجح) برأسه إيجابًا، وقال:
- هذا صحيح.
صمت لحظة، بدا خلالها شاردًا مفكرًا في عمق، قبل أن يضيف:
- من المؤكد أن هذه الحالة تحتاج إلى مزيد من البحث والدراسة، و..
قاطعته (نادين) هاتفة:
- بحث ودراسة؟!.. لا يا سيدي الطبيب.. اسمح لي.. لن يكون ابني أبدًا فأر تجارب، للبحث والدراسة، مهما كانت الأسباب.. هذا لو استعاد وعيه وصحته، كما تدعون.
قال الدكتور (ناجح)، محاولًا تهدئتها:
- صدقيني يا سيِّدتي.. لن يمضي يوم أو يومان، إلا و..
بتر عبارته بغتة، وحدَّق في فراش (شريف) في دهشة بالغة، جعلت الجميع يلتفتون إلى حيث ينظر، مع صيحة الجدة الفرحة:
- (شريف).. حمدًا لله على سلامتك يا ولدي.
كان الموقف يدعو للدهشة بالفعل، فعلى الرغم من الأربطة والضمادات، التي تحيط برأسه حتى جبهته، إلا أن (شريف) بدا في أوج صحته وعافيته، قبل مرور ساعة واحدة على خروجه من حجرة العمليات الجراحية، وهو يجلس في فراشه، ويبتسم في وجوه الجميع ابتسامة بريئة سعيدة، جعلت (نادين) تنقض عليه، وتحتويه في صدرها، وهي تهتف:
- (شريف).. ولدي.. حمدًا لله.. حمدا لله.
تنهَّد (ماجد) في ارتياح، وسالت دمعة حارة من عيني الحاج (عمار) في حين بقي الدكتور (ناجح) يتطلّع إلى الطفل في دهشة، قبل أن يغمغم:

- مدهش.. كان المفترض أن ..
قاطعه (ماجد):
- لقد اتفقنا على أن (شريف) ليس طفلًا طبيعيًا يا سيّدي.. أليس كذلك ؟ تطلّع إليه الدكتور (ناجح)، وبقيت شفتاه منفرجتين، وكأنه سيواصل حديثه، ثم لم يلبث أن تمتم:
- بالتأكيد.. بالتأكيد.
ثم عقد حاجبيه، وراح يتابع الأسرة الصغيرة، وهي تحيط بالصغير، وتغمره بحبها وحنانها وقبلاتها، حتى أشار (شريف) إلى فمه، وهو يواجه أمه، فالتفتت هي إلى الدكتور (ناجح) تسأله في لهفة:
- إنه يشعر بالعطش.. أيمكنه أن يشرب الآن؟
أجابها في حماس عجيب:
- بالطبع.
ثم التقط زجاجة المياه، وصبَّ بعضًا منها في كوب صغير، هم بالتقدّم به نحو (شريف)، إلا أنه توقف بغتة، وبدا وكأن فكرة ما قد طرأت على رأسه، قبل أن يبتسم لـ (شريف)، قائلًا:
- هل تريد كوب الماء هذا حقًا يا (شريف)؟
تطلّع إليه الجميع في دهشة، وقالت (نادين) في عصبية:
- لو لم يكن يريده لما طلبه.
تجاهلها الدكتور (ناجح) تمامًا، وهو يقول:
- هل تريده يا (شريف)؟
أومأ الصغير برأسه إيجابًا، وبلّل شفتيه بلسانه، وكأنما يعلن عطشه، واحتياجه إلى الماء، فابتسم الدكتور (ناجح) في هدوء، وهو يقول:
- خذه إذن يا (شريف).
نهضت (نادين)، قائلة في حدة:

- دكتور (ناجح).. لست أفهم ما الذي..
قاطعها بإشارة صارمة حازمة، قبل أن يكرّر:
- خذه يا (شريف)، لو أنك تريده حقًا..
ارتسمت الحيرة أكثر على الوجوه، وبدا (شريف) هادئًا، يتطلّع إلى الدكتور (ناجح) في براءة وبساطة، ثم لم يلبث أن رفع يده، وفتح أصابعه، وكأنه يهمّ بالتقاط كوب الماء، من بين أصابع الدكتور (ناجح)، الذي يقف على بعد ثلاثة أمتار منه..
وفجأة، ارتجف الكوب بين أصابع الدكتور (ناجح)، الذي شارك الكوب ارتجافته، قبل أن يفتح أصابعه عن آخرها بغتة، فهتف (ماجد):
- الكوب سيـ..
انحبست الكلمة في حلقه، واتسعت عيناه مع عيون الجميع، في ذهول شديد، وشهقت الجدة، وهي تتراجع إلى الخلف، عندما راح الكوب يسبح في الهواء في بطء، متجهًا نحو (شريف)، الذي بدا هادئًا واثقًا، ينتظر الكوب، حتى بلغ يده، فأطبق عليه أصابعه الصغيرة، ورفعه إلى شفتيه، وراح يشرب في بساطة..
وتألقت عينا الدكتور (ناجح) في ظفر، في حين هتف (ماجد) في انفعال:
- ولكنه.. ولكنه..
أجاب الدكتور (ناجح)، في لهجة منتشية:
- (سيكوكينيزيس).. تحريك الأشياء عن بعد.. ألم أقل لك إننا قد، أطلقنا المارد، من قمقمه في عقل الطفل؟!
هتف الحاج (عمار) في انبهار :
- أي قمقم وأي مارد؟.. عمَّ تتحدثان بالله عليكما؟
ابتسم الدكتور (ناجح) في ارتياح، وقال:

- سأشرح لك الأمر ياحاج.. سأشرحه لكم جميعًا، ولكن ينبغي أن تعلموا أنكم تشاهدون الآن ظاهرة جديدة .
وتألقت عيناه، وهو يستطرد:
- ظاهرة خارقة..

☆☆☆

"لا يا دكتور (ناجح).. لست أوافق على هذا قط"..
قالها (ماجد) في حدة شديدة، وهو يواجه الدكتور (ناجح)، الذي تطلّع إليه في هدوء شديد، من خلف مكتبة الضخم، وقال:
- خطأ يا (ماجد).. خطأ.. لابد أن توافق على هذا، فالطفل حقًا ظاهرة خارقة، ولابد من أن تبلغ الصحافة.. إنه خبر يهم المجتمع كله.
هتف (ماجد):
- مستحيل يا سيدي!.. إنه مجرَّد طفل، قد لا يدرك حتى أنه يختلف عن الآخرين، وليس من المناسب له نفسيًا، أن يحيط به رجال الصحافة، والباحثون، وكل من يهمه الأمر.. (نادين) نفسها لن تحتمل هذا.
ابتسم الدكتور (ناجح) في خبث، وقال:
- وانت تخشى إغضابها، أليس كذلك؟
قال (ماجد) في غضب:
- ليس هذا هو السبب يا سيّدى، وإنما (شريف) نفسه هو من أقلق بشأنه.. لقد تعرَّض ذلك المسكين لتجربة رهيبة، أجرتها عليه مخلوقات فضائية لسبب مجهول، وربما..
قاطعة الدكتور (ناجح) مستهجنًا:
- مخلوقات فضائية؟! .. لا تقل لي إنك تصدّق فكرة الأطباق الطائرة هذه.. لسنا في (شيكاغو) أو (نيويورك)،

حتى تهبط الأطباق الطائرة، وتختطف أحدنا، لتجري عليه تجاربها.
قال (ماجد) في حدة:
- ومن قال إن الأطباق الطائرة تنتقي (أمريكا) دون غيرها؟.. ألم يهبط طبق طائر ذات مرة في (الكويت) نفسها، منذ سنوات قلائل؟.. لماذا نفترض دائمًا أن هذا يحدث للآخرين فقط.
لوَّح الدكتور (ناجح) بكفه، وهو يبتسم قائلًا:
- حسنًا.. لا تغضب هكذا.. كنت أداعبك فحسب.
هتف (ماجد) في دهشة:
- تداعبني؟!
لوَّح الدكتور (ناجح) بكفه، وهو يقول في نشوة عجيبة:
- بالتأكيد.. دعك من هذا الآن، وحاول أن تتصوَّر معي ذلك الكم الهائل من المعلومات، الذي يمكننا الحصول عليه، لو توصلنا فقط إلى وسيلة مناسبة، لاستخراج كل ما يختزنه عقل هذا الطفل.. إنه معجزة.. معجزة طبية وعلمية، على أي مقياس.. أرأيت كيف استعاد وعيه بتلك السرعة المذهلة؟!.. أرأيت حتى كيف تعافي من آثار الجراحة تمامًا، في ثلاثة أيام فحسب؟!.. صدقني يا (ماجد) .. هذا الطفل فرصة نادرة، لا يمكن أن تتوافر للعالم، أكثر من مرة واحدة.
قال (ماجد) في حدة:
- وهو بالنسبة لـ (نادين) طفلها الوحيد، من زوج راحل، لن يتكرر أكثر من مرة واحدة.
واندفع مغادرًا المكتب في حنق، تاركًا الدكتور (ناجح)، الذي هز رأسه، مغمغمًا:
- خطأ .

ونهض من خلف مكتبه، وراح يســير في حجرة مكتبه جيئة وذهابًا، وهو يفكر في عمق، ويحدث نفسه، قائلًا :

- هناك وســيلة ما حتمًا.. هناك وســيلة لاســتخراج ما يختزنه عقل الطفل، ومعرفة ما يخفيه من أسـرار.. توجد وسيلة حتمًا..

فجأة، ارتســمت صــورة ما في رأســه، فتألقت عيناه في شدة، وبرقتا في ظفر، وهو يقول:

- لقد توصَّلت إليها.. توصلت إلى الوسيلة.

ورقص قلبه طربًا، وهو يندفع خارج مكتبه، ويعدو عبر الممر الطويل بالمستشفى إلى حجرة الصغير..

حجرة (شريف)..

☆☆☆

تضــاعف توتر (ماجد)، وهو يقف في ممر المســتشــفى، خارج حجرة (شريف)، وبدا شديد العصبية، على الرغم من وجود (نادين)، التي سألته في قلق:

- ماذا بك؟!

تطلّع من نافذة الممر إلى الســماء المظلمة، ذات النجوم اللامعة، وظل صــامتًا لحظات قبل أن يقول في ضــيق متوتر :

- لماذا أراد الدكتور (ناجح) أن يلتقى بـ (شريف) وحده؟

قالت في دهشة:

- هل تسألني؟!.. المفروض أنك أنت الطبيب، وأنت الذي يعلم لماذا يلتقي الطبيب بمريضه وحدهما!

غمغم محنقًا:

- بالتأكيد.

كان يشـــعر بالقلق، منذ دخل الدكتور (ناجح) إلى حجرة (شـريف) وطلب من الجميع الخروج، ليبقى فيها معه وحده، فقد أدرك أن الدكتور (ناجح) سيبذل أقصى جهده، لاستخراج المعلومات من (شريف)، و هذا يثير أعصابه، ويورثه توترًا لا مثيل له، ولكنه لم يشــأ نقل قلقة وتوتره إلى (نادين)، فابتعد عن الحديث في هذا الأمر، وقال:

- كيف أقنعت والديك بالعودة إلى منزلها؟

هزت كتفيها، قائلة:

- كانا مرهقين للغاية، بعد ثلاثة أيام هنا، ولقد و عدتهما أن يقضي (شريف) فترة النقاهة في فيلتهما، بعد خروجه من هنا، وطلبت منهما إعداد حجرته في الفيلا لهذا.

تمتم شاردًا:

- فكرة جيدة.

لم تنجح محاولته في انتزاع ذلك القلق من نفسـه، ولا في إخماد ذلك السؤال، الذي ظل يصرخ في أعماقه..

ما الذي يفعله الدكتور (ناجح) مع (شريف)؟..

وفي حجرة (شـريف)، كان الدكتور (ناجح) يجلس في مواجهة الطفل، ويتطلّع إليه في اهتمام بالغ، وهو يقول:

- أعلم أنك تختزن الســـر كلـه في عقلك الصـــغير يا (شـــريف)، حتى لو كنت أنت نفسـك تجهل هذا.. ولكن هناك وسـيلة لاسـتخراج هذه المعلومات من ذهنك يا صغيري.. وسيلة أوصلتني إليها أنت بنفسك.

تطلّع إليه (شريف) في صمت، وبراءة الأطفال تطلّ من عينيه، فتابع الرجل:

- هل تذكر كيف أيقظت أمك، عندما فشـل الدكتور (صديق) في هذا؟.. لقد أمسكت كفيها، فانساب إلى عقلها

سـيل من الصـور والمعلومات، انتزعها من سـباتها الصناعي.
ثم تراجع مستطردًا في نشوة:
- وهذا ما سنفعله اليوم.
ابتسم (شـريف) ابتسـامة طفولية مرحة، فبادله الرجل ابتسامته، وقال:
- لعبة طريفة.. أليس كذلك؟
ظلت ابتسـامة (شـريف) ثابتة دون تغيير، فمد الدكتور (ناجح) كفيه إليه، قائلًا في لهفة واضحة:
- هيا.. فلنبدأ هذه اللعبة.
تطلّع (شريف) إلى الكفين في لا مبالاة، فكرَّر الرجل في قلق:
- هيا يا (شريف).
وفي هدوء مدّ (شـريف) كفيه، وأمسـك كفي الدكتور (ناجح)، فقال هذا الأخير في انفعال:
- هيا يا (شريف).. هيا.
ثم انتفض جسده بغتة، وسرت فيه قشعريرة باردة، عندما انخفضـت درجة حرارة الطفل فجأة، حتى صـارت أصـابعه أشـبه بقضـبان من الثلج، تلسـع يد الدكتور (ناجح)، الذي هتف مبهورًا:
- مدهش.. ها هي ذي ظاهرة جديدة.. إنك قادر على التحكم في درجة حرارة جسمك، و..
بتر عبارته بغتة، واتسعت عيناه في شدة.
لقد بدأ سيل المعلومات ..
وفي شدة.

وجهًا لوجه

كوكب بعيد، في غياهب الكون السحيق، تشغل المياه تسعة أعشار سطحه، وتشرق فوقه شمسان، تغربان معًا، كل ستة أيام. بزمن الأرض. لتفسحا المجال لستة أقمار مختلفة الأحجام، تضيء سماءه في ليله الذي يستغرق الفترة نفسها..

من هذا الكوكب أتى أولئك، الذين غرسوا ذلك الشيء في عقل الطفل..

جاءوا من أجل حضارتهم..

ومن أجل مستقبلهم..

إنهم ثلاثة فحسب، هم أخر سلالة عظيمة، حكمت ذلك الكوكب، وصنعت في أعماق مياهه حضارة راقية هائلة، فاقت حضارة الألف عام الأخيرة من عمر الأرض، بثلاث مرات على الأقل.

ثم جاء ذلك الوباء الرهيب..

وباء بدأ كمرض غامض، وفيروس منيع، أصاب بعض أهل الكوكب، فأسرع العلماء هناك يدرسونه، ويفحصونه، ويبحثون عن وسائل للوقاية منه، ولعلاج مضاعفاته، وإيقاف انتشاره..

ولكن المرض كان الأقوى..

والأسرع..

وفي عشرة أعوام فحسب، وعلى الرغم من نجاح علماء الكوكب في التوصل لعدة عقاقير، يمكننا إيقاف تدهور المصابين والمرضى، وتخفيف الأعراض، ربح المرض المعركة، وأفنى سكان الكوكب كلهم..

فيما عدا هؤلاء الثلاثة..

ثلاثة من العلماء، أمكنهم النجاة من العدوى، وقرروا بذل أقصى جهدهم؛ للنجاة، ولإبقاء هذه الحضارة، حتى بعد فناء شعبهم..

وفي عقولهم نبتت فكرة عجيبة.. ومثيرة..

فكرة أن يبحثوا عن شعب جديد، يواصل الحياة والحضارة على سطح كوكبهم، ويعمر كل هذه المنشآت العملاقة، والتكنولوجيا المتطورة هناك، بدلًا من أن تلتهمها أسنان الزمن، التي لا ترحم ولا تبقى ولا تذر..

وفي رحلة طويلة، راح العلماء الثلاثة يبحثون عن كوكب مأهول، يسكنه قوم عقلاء، يمكنهم أن يكونوا بذرة لحياة جديدة، على كوكب المياه.

وكانت هناك كواكب شتى، ولكن أحدها لم يكن يناسب العلماء الثلاثة، من حيث تركيب مخلوقاته، أو تكوينهم الحيوي، الذي لا يصلح تعديله، ليناسب الحياة على كوكبهم المهجور، أو قدرتهم على مقاومة ذلك الفيروس العنيد..

وأخيرًا عثر العلماء الثلاثة على كوكب الأرض..

وعلى مخلوقات صالحة لإجراء التجربة .. التجربة الرهيبة..

وكان (شريف) هو أول نموذج ناجح..

ربما لأن الظروف ساعدت على هذا..

لقد تم تعديل تركيبة الحيوي، وهو بعد جنين في رحم أمه..

إنه السيّد المنتظر، والحاكم الجديد..

إنه (آدم) ذلك الكوكب، الذي ينتظر حياة جديدة..

بذلك التعديل في وظائفه، ســيمكنه أن يحيا في الأعماق، دون أن يحتاج إلى التنفس، سوى مرة واحدة يوميًا.. سيمكنه أن يغوص إلى أعماق سحيقة.. وأن يتحكم في الأشياء بعقله وحده..

كل مايحتاجه هو (حواء) أخرى، من كوكب الأرض، تخضع للتجربة ذاتها..

وعندئذ يبدأ العصر الجديد، في كوكب المياه..

وتزدهر الحضارة مرة أخرى..

الحضارة الجديدة..

كل هذا السيل من المعلومات انساب من عقل (شريف)، إلى عقل الدكتور (ناجح)..

لا أحد يدري كيف عرف (شــريف) نفســه كل هذه المعلومات..

ربما كانت مختزنة داخل ذلك الشيء، المزروع في مخه، كتاريخ محفور، يســاعد على معرفة طبيعة الكوكب الذي سيقطنه، والذي سيبدأ فيه حضارته الجديدة..

سؤال واحد بقى دون جواب، في عقل الدكتور (ناجح).. كيف سيذهب (شريف) إلى ذلك الكوكب.. ومتى؟..!

وبكل اللهفة والفضــول العلمي في أعماقه، نقل الدكتور (ناجح) السؤال من عقله إلى لسانه، هاتفًا:

- وكيف سترحل إلى هناك يا (شريف)؟.. ومتى؟..

وفجأة عاد إلى عالم الواقع، وانحبست الأسئلة في صدره وحلقه و عينيه..

وأمامه، تجسَّم شكل شبه بشرى، من شعاع بنفسجي، عبر نافذة حجرة (شــريف)، واســتقر في منتصــف المكان تمامًا..

وترك (شـــريف) كفي الدكتور (ناجح)، وهو يلتفت إلى تلك المخلوق، الطويل القامة، صـــاحب الرأس الضـــخم والعينين الكبيرتين الثابتتين، والنظرات الحادة، والبشـــرة الأرجوانية الباهتة.

واتســـعت عينا الدكتور (ناجح) في ذهول ورعب، في حين تطلّع (شريف) إلى المخلوق في هدوء، ودون خوف أو توتر، ورفع المخلوق يـده الطويلـة النحيلـة، ذات الأصـــابع الأربعة، وهو يصـــوّب إلى الدكتور (ناجح) جسمًا مثلثًا، يمسك به من قاعدته..

وتراجع الدكتور (ناجح)، وهو يلوِّح بكفيه، هاتفًا:

- لن أكشف السر.. لن أتفوَّه بحرف واحد.

ولكن الأصـــابع الأربعة ضـغطت قاعدة المثلث في حزم، فانطلق من قمته شـــعاع أزرق رفيع، أصـــاب هدفه بدقة مدهشة..

وكان هذا الهدف هو الدكتور (ناجح)، خبير جراحة المخ والأعصاب..

سابقًا..

☆☆☆

وقفـت (نـادين) إلى جوار (مـاجـد)، عنـد نـافـذة الممر، وتطلّعت بدورها إلى السماء بنجومها اللامعة، وهمست:

- أشكرك.

التفت إليها (ماجد)، يسألها في حيرة:

- ماذا؟

أجابته في شيء من الخجل:

- أشـــكرك على كـل مـا فعلتـه من أجلي، ومن أجـل (شريف).

تطلّع إليها في دهشة، قبل أن يقول في خفوت:
- لم أفعل إلا ما يمليه عليَّ واجبي، وما كان سيفعله (وفائي) - رحمه الله - لو أنه في نفس موضعي.
قالت وهي تتحاشى النظر إليه:
- هذا يؤكد نبلك و شهامتك.
بدا له حديثها مثيرًا للدهشة بالفعل هذه المرة، وهو الذي لم يعتد منها سوى الجمود والجفاء، فغمغم:
- (نادين).. ما الذي يعنيه هذا؟
أجابته في حياء:
- يمكنك اعتباره اعتذارًا عن الأيام السابقة.
تهلّلت أساريره، وهو يقول:
- (نادين).. أتعنين هذا حقًّا؟
أومأت برأسها إيجابًا في خجل، وغمغمت:
- بالتأكيد.
هتف في سعادة:
- يا إلهي!.. لست أصدّق نفسي يا (نادين).. كم كنت أحلم بمثل هذه اللحظة؟.. لم أتصوَّر أبدًا أنها ستأتي.
تخضب وجهها بحمرة الخجل، وهي تقول:
- لم يكن ذلك سهلًا يا (ماجد)، ولن يكون كذلك، فـ(وفائي) كان يمثل جزءًا كبيرًا من حياتي، ومن..
بترت عبارتها بغتة، وهي تحدّق في السماء، وارتسمت على وجهها علامات رعب هائل، فهتف بها:
- ماذا حدث يا (نادين)؟.. ماذا حدث؟
ولكنها لم تستطع إجابته، وهي تحدِق في رعب في ذلك الضوء البنفسجي الاسطواني، الذي هبط من السماء، وعبر نافذة حجرة (شريف)..
لقد أدرك عقلها الباطن طبيعة تلك الضوء..

وحطم الستار الحديدي، الذي يحيط بذاكرتها..
وفجأة.. في لحظة واحدة، استعاد عقلها ذكرى تلك الليلة الرهيبة..
ليلة الطبق الطائر..

☆☆☆

أحاط الشعاع البنفسجي بجسدها، وشعرت أن خلاياها تقفز من جسدها، عبر أنبوب مظلم عميق طويل، ثم تعود لتتراص إلى جوار بعضها البعض، والظلام يتبدّد من حولها، ليعود ذلك الضوء البنفسجي، مع فارق واحد..
أنها لم تعد تقف إلى جوار سيارتها..
لقد أصبحت في الداخل..
داخل الطبق الطائر..
إنها تقف داخل اسطوانة زجاجية شفافة، وسط قاعة كبيرة، ينيرها ضوء أزرق باهت، وحولها مياه رائقة، ذات لون جميل، تتألق فوقها أضواء غامضة مجهولة..
وهي شبه مشلولة، ترى كل ما حولها، ولكنها عاجزة عن الحركة، لا يمكنها حتى تحريك سبَّابتها..
ثم فجأة، ظهرت تلك المخلوقات الثلاثة..
وامتلأت نفسها بالرعب..
حاولت أن تصرخ، أو تبكي، ولكنها كانت مجمَّدة تمامًا، لا يمكنها نطق حرف واحد، حتى عندما التف الثلاثة حولها، وراحوا يفحصونها بعيونهم الكبيرة الثابتة المستديرة، ويتأملون بطنها المتكورة باهتمام بالغ..
وفجأة اختفت الاسطوانة الزجاجية الشفافة من حولها، وشعرت بجسدها يرتفع في الهواء، ثم يتخذ وضعًا أفقيًا، ويرقد فوق شيء أشبه بمنضدة جراحية، التف حولها

الثلاثة، وراحوا يتحسسون بطنها بأصابعهم الطويلة النحيلة، ووجدت نفسها تقول في خوف:
- ماذا ستفعلون بي؟
لا يجب أحدهم، أو يبدي حتى اهتمامًا بسؤالها، بل ضغط أقربهم إليها شيئًا ما في المنضدة، فبرز من جانبها لوح أسود، ارتفع لمسافة متر تقريبا، ثم مال فجأة متخذًا وضعًا أفقيًا، فوق بطنها تمامًا، ومرَّر المخلوق راحته فوقه، وأبعدها في هدوء، فتألق اللوح، واخذ لونًا فيروزيًا باهتًا، في نفس الوقت الذي تموج فيه جزء من جدار القاعة، وظهرت فوقه صورة كبيرة لجنين، يسبح في رحم أمه، فغمغمت (نادين) في دهشة:
- أهذا طفلي؟
لم يجب أحدهم سؤالها، في هذه المرة أيضًا، وراحوا يتطلّعون إلى الصورة الكبيرة في اهتمام، ثم مرَّر أحدهم أصابعه الأربعة على اللوح، فبرزت من جانبه أداه حادة رفيعة، مالت لتلتقط جسمًا صغيرًا، من فجوة في إطار اللوح، ثم عادت تتوجَّه إلى بطن (نادين)، التي هتفت:
- ماذا تفعلون؟
شعرت بالأداة الحادة تلمس بطنها، وتضغطها في رفق، ثم لم تعد تشعر بها على الإطلاق، على الرغم من أنها بدت على الحائط، في الصورة الكبيرة، وهي تغوص داخل رحمها، فهتفت:
- كيف أمكنكم إدخالها في بطني، دون ألم؟
وككل مرة، تجاهلها الثلاثة تمامًا، ورأت هي الأداة على الشاشة الهلامية، وهي تتجه إلى رأس الجني، فقالت في توتر:
- ما هذا؟.. إنكم ستؤذون وليدي.

ولكن الأداة اخترقت رأس الطفل في بساطة، وراحت تزرع ذلك الجسم الصغير في مخه، فصرخت (نادين)، بكل ما يملأ أعماقها من خوف وذعر ولوعة وهلع:

- لا.. لا.. ليس طفلي.. لا..

☆☆☆

"ليس (شريف)"..

كررت (نادين) الصرخة، في مقر المستشفى، وهي تندفع نحو حجرة (شريف)، و (ماجد) يسألها في دهشة، وهو يلحق بها:

- ماذا هناك يا (نادين)؟.. ماذا حدث؟

حاولت فتح باب الحجرة في ذعر، ولكنه كان موصدًا من الداخل، فصرخت:

- (شريف) يا (ماجد).. (شريف) في خطر.

لم يكن يدرك طبيعة هذا الخطر بالضبط، ولكن صراخها جعله يندفع نحو باب الحجرة، هاتفًا:

- ابتعدي.

أفسحت له الطريق، فضرب الباب بكتفه القوى، وحطم رتاجه، واندفع معها إلى الداخل، و..

وشهقت (نادين) في رعب، وهي تحدّق في ذلك المخلوق، الذي يهمّ بالتقاط ابنها، في حين تراجع (ماجد) في ذهول، وهو ينقل بصره بين (شريف)، والمخلوق، والدكتور (ناجح)، الذي تجمَّد داخل غلاف أزرق بارد سميك..

وصرخت (نادين) مرة أخرى:

- لا.. ليس (شريف).

ولكن المخلوق رفع المثلث نحوها..

وضغط قاعدته

الهروب..

نظريًا لم يكن من السهل أبدًا أن يتخلى (ماجد) عن ذهوله، وهو يواجه ذلك المخلوق، الذي لا يمكن أن يتخيل المرء رؤيته، إلا في أفلام وروايات الخيال العلمي والخرافي..

ولكن - الحب كما يقولون - يفعل المعجزات ..

ومن أجل الحب..

ومن أجل نفسه أيضًا، انتزع (ماجد) نفسه من هذا الذهول، عندما رأي المخلوق يصوّب المثلث إلى (نادين)، بعد أن أدرك بذكائه، أن مصيرها لن يختلف عن مصير الدكتور (ناجح)..

وبحركة عنيفة سريعة، أودعها كل حبه وغضبه ورغبته في الحياة، دفع (ماجد) (نادين) جانبًا، وركل المثلث في يد ذلك المخلوق، ثم هوى على فكه بلكمة عنيفة..

وسقط المخلوق أرضًا، ثم اعتدل في حركة عنيفة مدهشة، إذ به كلوح من الخشب السميك، مثبت في قاعدته، سقطت قمته، ثم ارتفعت دفعة واحدة، دون أن ينثني سنتيمتر واحد منه"..

وكان المشهد عجيبًا ومخيفًا في آن واحد، حتى أن (ماجد) تراجع في دهشة وخوف، في حين أطلقت (نادين) شهقة أخرى، ثم قفزت تختطف ابنها، وتضمّه إلى صدرها، هاتفة:

- اهرب يا (ماجد).. اهرب.

لم يكن (ماجد) من أولئك الذين يميلون للفرار، أمام أي خصم كان، إلا أنه قرَّر التخلي عن هذه الفكرة أمام هذا المخلوق العجيب، فانطلق مع (نادين) خارج الحجرة ، وهي تحمل (شريف)، الذي بدا هادئًا مستسلمًا، وكأنما

الأمر لا يعنيه، في حين انطلقت خلفهم خيوط الأشـــعة الزرقاء، فهتف (ماجد):
- لابد أن نبتعد عن هذا المكان قدر الإمكان.
هبطا في درجات السـلم في عنف، وانطلقا يعدوان على نحو أثار دهشة وخوف نزلاء المستشفى وأطبائها، حتى بلغا ساحة انتظار السيارات، فخلع (ماجد) معطفه الطبي، وهتف بـ (نادين):
- هيا إلى سيارتي إنها الأقوى.
لم تحاول مناقشته، وهي تتجه معه إلى سيارته التي فتح بابها، وقفز خلف عجلة قيادتها، وساعدها على الدخول، ثم أدار المحرك، و...
وتوقف فجأة..
توقف ليسأل نفسه في دهشة:
- لماذا نفرّ؟
هتفت به (نادين):
- لننقذ (شريف).. لنبتعد عن هنا بقدر الإمكان.
قال في حزم:
- لماذا؟
حدَّقت في وجهه بدهشة، قبل أن تهتف في حدة:
- لأن ذلك الشيء يطاردنا.
واجهها قائلًا:
- هذا ما أرفضـه.. إنه لن يطاردنا علانية هكذا.. أنسيت السمة الشهيرة، لكل حوادث الأطباق الطائرة؟!.. إنهم لا يظهرون في المجتمعات أبدًا، ولا يمكنهم مواجهة الـ..
قاطعه سقوط خيط الأشـعة الأزرق الرفيع على مؤخرة سـيارته، التي ارتجَّت في قوة، وانتشـر على حقيبتها الخلفية شئ أشـبه بجليد أزرق سـميك، في حين هتفت

(نادين) في ذعر، وهي تشير إلى نافذة حجرة (شريف)، في الطابق الثاني:
- انظر.
رفع (ماجد) عينيه إلى حيث تشير، وكاد يطلق شهقة دهشة بدوره، عندما رأى ذلك المخلوق في وضوح، وهو يقف في نافذة الحجرة، ويصوّب إليهم ذلك المثلث مرة أخرى، فأسرع يضغط دواسة الوقود بسيارته، وهو يقول في حزم:
- إنني أعتذر.. لن يحاولوا إخفاء أمرهم هذه المرة.
وانطلق بأقصى سرعة تسمح بها السيارة، مجتازًا ساحة انتظار السيارات، وبوابة المستشفى، ثم انحرف بحركة حادة عنيفة، ليتخذ الطريق الرئيسي، الذي يقود إلى (حلوان)..
ومن خلف السيارة، سقط ذلك الشعاع البنفسجي مرة أخرى في حجرة (شريف)، وتلاشى داخله هذا المخلوق، قبل أن يختفي الشعاع، ويتألق ضوء أزرق باهت في الفضاء..
كان ينطلق بأقصى سرعته، متجاوزًا كل قواعد المرور، ومستغلًا الخلو النسبي للطريق، في هذه الساعة المتأخرة من الليل، والتي تجاوزت منتصف الليل بساعة ونصف تقريبًا، وقال وهو يتخذ الطريق المؤدي إلى فيلا الحاج (عمار):
- من الواضح أنهم يريدون (شريف) في شدة، حتى يخاطروا بالإعلان عن وجودهم، على هذه الصورة.
ضمَّت (نادين) ابنها إلى صدرها في قوة، وقالت في هلع:
- لن نتركه لهم أبدًا.
أجابها في حزم:

- بالطبع.

كان يتمنى لو يزيد في سرعة السيارة، التي بلغت بالفعل سـرعتها القصـوى، وراح محرّكها يطلق صـرخات احتجاج عنيفة، على بلوغه هذه السـرعة، التي لم يبلغها من قبـل، حتى عندمـا كـان جديدًا قويًا، ولكن (مـاجد) انحرف بسـيارته في قوة، متخذًا ذلك الطريق الفرعي القصير، الذي يقود إلى هذه الفيلا، وهو يقول:

- يبدو أننا ربحنا السباق حتى الآن، أو أن..

قبل أن يتم عبارته، أطلق محرك السيارة حشرجة عنيفة مباغتة، ثم ارتج في قوة وعنف، وتوقف تمـامًا، تاركًا السـيارة تنزلق بالقصـور الذاتي، وأضـواؤها تخفت في شـدة، حتى توقفت بعد عدة أمتار، فانهارت (نادين)، هاتفة:

- لقد لحقوا بنا.

نطقتها في يأس شـديد، وهي تتطلع إلى الطبق الطائر، الذي بدا واضحًا، وهو يتجه نحوهما، فألقى (ماجد) نظرة بدوره على الطبق، وخفق قلبه في عصـبية وتوتر، قبل أن يقول في حدة:

- لو أنهم يريدون السيارة فليأخذوها.

وقفز خـارجًا من السيارة، وعاون (نادين) على مغادرتها، وهي تحمل (شريف)، وسألها:

- هل يمكنك العدو، حتى نبلغ الفيلا؟

أجابته في حسم:

- يمكنني الجري فوق الأشواك من أجل (شريف).

أمسك يدها، قائلا:

- هيا بنا إذن .

انطلقا يعدوان، بكل ما يمتلكان من سـرعة، و(شـريف) مستسلم بين ذراعي أمه، يراقب في هدوء وفضول ذلك الطبق الطائر، الذي تبعهما في بطء عجيب، وكأنه يدرس ردود أفعـالهمـا، حتى لاحـت الفيلا من بعيـد، فهتفـت (نادين)، وهي تلهث في شدة:

- لقد وصلنا.

وهنا فقط تجاوزهما الطبق الطائر، ثم هبط أمامهما، في تلك المسافة المتبقية، بينهما وبين الفيلا..

وصرخت (نادين) في انهيار:

- أفسح الطريق.. أفسح الطريق بالله عليك.

ولكن (ماجد) جنبها في قوة، وهو يقول في انفعال:

- لا تستسلمي لليأس.. هيا.. سندور من حوله.

وقبل أن يفعل، كان ذلك الشـعاع البنفسـجي ينبعث من الطبق الطائر، ويسقط على الأرض، بينها وبينه، ثم يبرز منـه ذلـك المخلوق المخيف، وهو يصـوب إليهم مثلثـه الرهيب..

وصاح (ماجد)، وهو ينفصل عن (نادين):

- أسرعي يا (نادين).. أسرعي بـ (شريف) إلى الفيلا.

قالها وهو ينقض على ذلك المخلوق؛ ليفسـح لها طريق الفرار، ولكن المخلوق بادره بالهجوم هذه المرة، وضربه بالمثلث في وجهه، فألقاه بعيدًا في عنف، وشـعر (ماجد) وكـان مطرقـة هوت على وجهـه، ولكنـه قـاوم ليقـاتـل المخلوق مرة أخرى، وهو يصرخ:

- أسرعي يا (نادين).

ولكنـه رأى حـاجزًا أرجوانيًـا يتكون أمـام (نـادين)، التي تراجعت في ذعر، وصرخت في ارتياع كامل:

- (ماجد).. النجدة.

شعر بعجزه الكامل هذه المرة، وهو يواجه ذلك المخلوق، على بعد أمتار قليلة منها، ولكنه انقض عليه مرة أخرى في بسالة، استقبلها المخلوق في برود تام، ولكمه مرة أخرى في فكه بمنتهى القوة، وألقاه أرضًا، على بعد مترين كاملين منه، في نفس اللحظة التي بدأ فيها ذلك الحاجز الأرجواني يحيط ب (نادين)، التي تصرخ في رعب:

- النجدة يا (ماجد).. النجدة..

تمنى لحظتها لو ينتزع قلبه من صدره، ويحوّله إلى قنبلة، ينسف بها هذا الحاجز، الذي يحيط بها، ولكن قلبه هذا خفق في قوة، وكاد يتوقف بين ضلوعه، عندما رأى المخلوق يصوّب إليه مثلثه القاتل، ويهمّ بضغط قاعدته، وإطلاق أشعته عليه، وهو ملقى أرضًا، في هذا الوضع العسير، الذي لا يمكنه معه تفادي الإصابة بالسرعة الكافية..

عندئذ أدرك مصيره..

وأدرك أنه هالك هذه المرة..

هالك لا محالة.

الخطر..

انطلق دوي الرصاصة فجأة..

كانت الأحداث تسير، من سيء الى أسوأ، عندما تدخلت تلك الرصاصة بغتة، لتقلب الأمور رأسًا على عقب..

وأمام عينى (ماجد)، ارتطمت الرصاصة بالمخلوق، الذي يصوّب إليه المثلث الرهيب، فسقط كلوح من الخشـــب، وارتطم بالأرض في دوى مكتوم، في نفس اللحظة التي انطلق فيها صوت الحاج (عمار)، من جهة الفيلا، وهو يمسك بندقيته القديمة، التي تتصاعد الأبخرة من فوهتها، ويهتف ملوحًا بيده اليسرى:

- أسرعا.. هيا.

قفز (ماجد) واقفًا على قدميه، واندفع نحو (نادين)، واندفع من تلك المنطقة، قبل أن يحيط بها الحاجز تمامًا، وجذبها في قوة، وهو بعدو معها نحو الفيلا.

ومن خلفهما هب ذلك المخلوق منتصبًا مرة أخرى، بنفس الحركة الثابتة المخيفة، وكأنما لم تخدش منه الرصاصة خلية واحدة، واستدار إليهما في بطء، ولكنه لم يحاول تصويب مثلثه هذه المرة..

وفي هلع واضح، استقبلهما الحاج (عمار)، وأحاط ابنته بيسراه، وهو يدفعها معه إلى الفيلا، هاتفًا:

- لن يصدقني أحد.. إنهم من الجن.. من الجن حتمًا.

تجاوزوا الحديقة الصــغيرة المقفرة، وعبروا باب الفيلا، لتســتقبلهم أم (نــادين) في لهفة جزعــة، وفي ترتجف كعصفور مبتل، وتقول:

- ما هذا الشيء؟ لماذا يطاردكما؟

أجابتها (نادين):

- إنهم يريدون (شريف).

شهقت الأم، وهتفت:
- يريدونه؟!.. أعوذ بالله من الشيطان الرجيم.. أعوذ بالله من شر ما خلق.
وحاولت أن تلتقط الصغير، ولكنه تشبث بأمه، واستكان على صدرها، وهو يراقب الموقف بنفس الهدوء والبراءة، في حين وقف (ماجد) إلى جوار الحاج (عمار) عند نافذة الفيلا، يتطلّعان إلى الطبق الطائر، الذي يقف في الهواء، ويتألق بذلك الضوء الباهت العجيب، الذي يتأرجح ما بين البرتقالي والأخضر، وسأل (ماجد) الحاج في توتر:
- أتظن الفيلا تمنعهم من مهاجمتنا؟
أجابه الحاج (عمار) في حزم:
- كلا.
ثم جذب ابرة بندقيته، وهو يستطرد:
- ولكني سأدافع عن ابنتي وحفيدي الوحيد، لآخر قطرة من دمي.
قال (ماجد):
- هذا موقفنا جميعًا.
أما الأم، فراحت تقول لابنتها في انفعال:
- لقد رأينا ذلك الشيء، وأصابنا الرعب والفزع، وقررنا ألا نغادر الفيلا أبدًا، ثم لمحكما والدك، وأدرك أن تلك الشيء يطاردكما، فقفز يلتقط بندقيته، واندفع إلى الخارج بلا تردد.
كرَّرت (نادين)، في لهجة أقرب إلى البكاء:
- إنهم يريدون (شريف).
قال (ماجد) في حزم:
- اطمئني.. لن يأخذوه أبدًا بإذن الله.

وصمت لحظة، ثم استدرك:

- وأنا على قيد الحياة.

ران عليهم جميعًا صمت عجيب، بعد عبارة (ماجد) الأخيرة، وراحوا يراقبون ذلك الطبق الطائر في قلق، وهو ثابت في مكانه على نحو مخيف، وألوانه تتبدل في تتابع رتيب، من الأحمر إلى البرتقالي، فالأخضــر، فالأزرق، ثم يتألق كله بضوء بنفسجي هادئ، يستقر لفترة محدودة، ثم تبدأ الدورة اللونية من جديد..

وفجأة ارتفع الطبق الطائر عن الأرض..

ومع ذلك الارتفاع المباغت، انتفض الأربعة في عنف، وهتف (ماجد):

- سيبدأون الهجوم.

لم يعلق أحدهم على عبارته، وإنما ضمت (نادين) (شريف) إلى صدرها في قوة، وتشبث الحاج (عمار) ببندقيته، وأمسكت زوجته ذراع ابنتها في توتر..

وواصل الطبق ارتفاعه في بطء، ثم اعتلى الفيلا، وتوقف فوقها، على ارتفاع ثلاثة أمتار فحسب من سقفها.. وهنا فقط بدت ضخامته واضحة..

كان قطره يغطي الفيلا كلها تمامًا، وتتجاوزها أطرافه، وهو يدور حول نفسيه دورة بطيئة، وألوانه تتبدل بنفس النمط المخيف..

ثم أصبحت الدورة أسرع، وأسرع.. وأسرع..

وامتزجت الألوان ببعضها البعض، فلم يعد يبدو منها ســوى اللون البرتقالي، الذي لم يلبث أن اســتحال إلى الأبيض، وعندئذ راحت الفيلا ترتج في قوة، فصاحت والدة (نادين):

- سيهدمون الفيلا على رؤوسنا.

اتســـعت عيونهم في رعب، وبدأت آذانهم تلتقط طنينًا رهيبًا، ولكن (ماجد) هتفت في حدة:

ـ لن يفعلوا هذا.. إنهم يحاولون المحافظة على (شريف).

صرخت (نادين):

ـ لن يأخذوه أبدًا، حتى لو مزقونا إربًا.

تضـــاعف الطنين، وبـدأ يؤذي آذانهم، وأطلقت الأم صــرخات متوالية عنيفة، تعمل كل رعبها وألمها، في حين ترنحت (نادين) في ألم، دون أن تجرؤ على ســد أذنيها بكفيها، حتى لا تترك (شـــريف)، الذي بدا وكأنه الوحيد، الذي لا يتأثر قط بذلك الطنين الرهيب، وهتف (ماجد) في ألم.

ـ هؤلاء الأوغاد إنهم يحاولون قتلنا بالموجات الصـــوتية الفائقة.

ثم هتف فجأة:

ـ اصرخوا.. أصرخوا بكل قوتكم.

أطاعوه على نحو غريزي، دون مناقشة، وراحوا يطلقون صـــرخات قوية عنيفة، رددتها جدران الفيلا، فبدا الأمر كله أشبه بلوحة تحمل صـورة أضخم مأسـاة في التاريخ وعلى الرغم من هذا، فقد أشـــعرتهم تلك الصـــرخات بالارتياح، وخففت الضغط عن أذانهم، وهتفت (نادين):

ـ إنني أتحسَّن بالفعل.

وفجأة توقف الطنين..

توقف على نحو مباغت حقًا، حتى أن أجسـادهم شـعرت بالبرودة بغتة، مع تلك القشـعريرة العجيبة، التي سـرت فيها، مقترنة بالسكون والصمت التامين، اللذين خيما على المكان دفعة واحدة..

ولثوان، لم ينطق أي منهم بحرف واحد، مما زاد من وقع الصمت والسكون، وهم يتبادلون نظرات قلقة حائرة، قبل أن يهمس الحاج (عمار) في خفوت، وكأنه يخشى تبديد الصمت السائد:

- ماذا حدث؟

أجابه (ماجد) في قلق واضح:

- يبدو أنهم يخططون لهجوم جديد.

لم يكد يتم عبارته، حتى اخترق ذلك الشعاع البنفسجي زجاج النافذة، وانبعث منه ذلك المخلوق، في منتصف الحجرة، وهو يصوب مثلثه الجهنمي إلى الحاج (عمار)..

وصرخت (نادين):

- احترس يا أبي.

قفز الحاج (عمار) جانبًا، وعلى الرغم من سنوات عمره، التي تجاوزت الستين، فقد بدت قفزته شديدة القوة والمرونة، وتجاوزه الشعاع الأزرق الرفيع، في حين رفع هو بندقيته نحو المخلوق، وضغط زنادها..

وانطلقت الرصاصة.

وكما حدث في المرة السابقة، أصابت الرصاصة المخلوق، فسقط على ظهره كلوح من الخشب، ثم اعتدل واقفًا مرة أخرى، في نفس اللحظة التي انهار فيها باب الفيلا، وظهر خلفه مخلوق ثان، أطلق نحو الحاج (عمار) شعاعًا أرجوانيًا، من كرة يحملها في يده، فأصاب الشعاع بندقية الوالد، وحوَّلها في لحظة واحدة إلى كومة من الرماد..

وصرخ الحاج (عمار):

- اهربوا.. اهربوا بسرعة.

اندفعت نحوه زوجته، هاتفة:

- تعال معنا يا حاج.

ولكن المخلوق الآخر ألقى نحوهما حلقة مستديرة، أشبه بطوق ألعاب قديم، فالتفت حولهما الحلقة، وأحاطتهما بجدار شبه زجاجى، سجنهما داخله، فصاحت الأم بابنتها في جزع:

- اهربى يا (نادين).. أنقذي (شريف).

صاحت (نادين):

- أبي.. أمي.

ولكن (ماجد) منعها من العدو نحوهما، وهو يجذبها من يدها في قوة، هاتفًا:

- سيكونان بخير بإذن الله.. المهم أن ننقذ (شريف).

جرت معه نحو السلم الخشبي، الذي يقود إلى الطابق العلوي، وما أن اعتليا بضع درجات منه، حتى أصابه ذلك الشعاع الأرجواني، فتلاشى تحت أقدامهما، وتحوَّل إلى رماد، وسقطا أرضًا، و(نادين) تحتضن (شريف) في قوة..

وفى بطء مخيف مثير، اتجه المخلوقان نحو (ماجد) و(نادين) وراحت هذه الأخيرة تصرخ:

- اتركوا ولدي.. اتركوه.

ومع صرخاتها هبّ (ماجد) للذود عنها، ولكن المخلوق الثاني رماه بحلقة أخرى مستديرة، أحاطت به لتسجنه داخل أسطوانة شبه زجاجية، في حين اتجه المخلوق الآخر نحو (نادين)، وصوَّب إليها سلاحه المثلث، وهي تعتصر ابنها في صدرها، وتصرخ:

- لا تقتربوا مني.. اتركوا ابني.. اتركوه .

استدار المخلوق الثاني إليها، وحدَّق في عينيها بعينيه المستديرتين الثابتتين المخيفتين، فامتلأت نفسها بالرعب،

وتردَّد في أعماقها صوت عجيب، لم يسمعه بشري من قبل.

صوت يأمرها بالاستجابة لبرنامج سابق، تم زرعه في عقلها، عندما كانت داخل الطبق الطائر..

صوت يأمرها بتسليم (شريف) لتلك المخلوقات، عندما تحين اللحظة المناسبة..

وكانت هذه هي اللحظة المناسبة، التي وقع عليها اختيار آخر سكان كوكب المياه..

وقاومت (نادين) في شدة، ولكن قوة مجهولة كانت تجبرها على فتح ذراعيها، والتخلي عن ابنها، الذي ابتعد عنها في بطء، فأشار المخلوق الثاني إلى زميله، الذي يصوب إليها مثلثه، وأدركت هي طبيعة هذه الإشارة على الفور.

لقد انتهت مهمتها، ولم تعد هناك فائدة منها للتجربة..

وعليها الآن أن تبعد عن الساحة..

وأن تموت..

وفي رعب هائل، رأت المخلوق يصوب إليها مثلثه، ويضغط قاعدته، صرخت وهي تبكي في انهيار:

- لا ترحل يا (شريف).. لا تتركني.

وانطلق الشعاع الأزرق الرفيع.

النهاية..

كان المخلوق يصوّب أشعة مثلثه نحو (نادين) تمامًا، من مسافة قريبة للغاية، وبدقة مدهشة، وعلى الرغم من هذا قد حدث أمر عجيب.

لقد أخطأها..!!

لم يصب الشعاع الأزرق (نادين)، بل انحرف عنها، وأصاب الحائط خلفها، فنشر فيه ذلك الجليد المخيف..

وفي حركة حادة، التفت المخلوق إلى (شريف)، الذي يحدجه بنظرة قوية صارمة، لا تتناسب قط مع حجمه الصغير، ولا مع سنوات عمره الثلاث..

وتفجَّرت الدهشة في عيون وعقول الجميع، عندما تراجع المخلوق أمام (شريف)، في حركة توحي بالخوف، ثم رفع مثلثه نحوه، وكأنما يحاول حماية نفسه منه..

وتطلع (شريف) إلى المثلث بنظرة حادة، فقفز المثلث من يد المخلوق، وارتطم بالجدار في عنف شديد، ثم سقط أرضًا، وتوهع بوهج برتقالي، ثم تلاشي تمامًا..

واستدار المخلوق الأخر نحو (شريف)، وصوب إليه حلقة من حلقاته، وألقاها حوله..

وأحاطت الحلقة بـ (شريف) بالفعل، ولكن الاسطوانه لم تتكوَّن حوله؛ فقد انفجرت الحلقة بدوي مكتوم، عندما ألقى عليها (شريف) نظرة غاضبة..

وتراجع المخلوقان في خوف، أمام دهشة الجميع، وجلست (نادين)، وهي تتطلع إلى ابنها في ذهول، وهو يلتفت إلى المخلوقين، ويشير إلى أحدهما بيده، فيرتفع المخلوق من الأرض، ويرتطم بالحائط، ثم يسقط أرضًا.

وهنا انقض المخلوقان على (شــريف) في شــراســة، واســتخدم كل منهما قواه العقلية، فارتفعت بعض أدوات الحجرة، واندفعت نحو (شريف).

وبدا الأمر أشــبه بعاصــفة عاتية، هبت داخل ردهة المنزل، عندما أجبر (شــريف) تلك الأدوات على التوقف في الهواء، والاندفاع مرة أخرى نحو المخلوقين..

وراح كل شــيء يتطاير في الردهة، كما لو أنها في قلب إعصــار رهيب، تطاير معه شــعر (شــريف) في عنف، وهو يقف ثـابتًـا، صــارم النظرات، على نحو مخيف عجيب، يثير الرهبة في القلوب..

وأخيرًا أعلن المخلوقان ضعفهما واستسلامهما..

أعلناه عندما تخليا عن القتال، وبدا كأنهما يبحثان عن وســيلة للفرار من المكان و(شــريف) يطاردهما في بطء وصــرامة وحزم، مســتخدمًا تلك القوة العجيبة، التي يمتلكها عقله، والقادرة على تحريك الأشياء دون لمسها، لقذفهما بكل ما يتحرَّك في المكان.

وغادر المخلوقان الفيلا، واندفعا نحو الطبق الطائر، الذي التقطهما بشعاعين متعاقبين، ثم ارتفع استعدادًا للإقلاع..

ولكن عينا (شــريف) تألقتا في شــدة، وهما تتابعان الطبق الطائر، الذي راح يرتج في قوة، وهو يرتفع وينخفض، ثم تـألق بضــوء برتقالي عنيف، لم يلبث أن تحوَّل إلى الأحمر القاني، ثم..

انفجر..

انفجر على نحو عجيب، أشــبه بكرة من الدم، تتفجر في فيلم صامت، ينقله مجهر هائل..

ودون أدنى صوت، تناثرت شظايا الطبق الطائر، وهي تتألق في شدة، قبل أن تتلاشى بدورها، وتختفي إلى الأبد..

وعاد الظلام والسكون يخيمان على كل شيء..

وفي هدوء، اختفت تلك النظرة الصارمة من عيني (شريف)، وحلت محلها براءة الطفولة، وهو يعود إلى الفيلا، ويبتسم لجده وجدته، اللذين تحرّرا من سجنهما، فور انفجار الطبق الطائر، وراحا يحدقان في حفيدهما في صمت ذاهل، ثم تجاوزهما إلى حيث يقف (ماجد)، الذي تحرّر بدوره، وأمسك كفه بأصابعه الصغيرة، وهو يمنحه ابتسامة سعيدة فرحة، فربت (ماجد) على رأسه في حنان، وهو يغمغم في خفوت:

- نعم يا صغيري.. لقد انتهى كل شيء.. انتهي بخير والحمد لله.

وهنا التفت (شريف) إلى أمه، واتجه إليها، ثم تحسَّس شعرها بكفه في حنان وحب، وابتسم في وجهها ابتسامة واسعة، وانفرجت شفتاه لأول مرة في حياته، وهو يقول:

- ماما.

تفجّر حنانها كله مع كلمته، فاحتوته في صدرها، وانهمرت دموعها تغسل وجهه وشعره، وهي تهتف :

- (شريف).. حمدًا لله على سلامتك يا ولدي.. حمدًا لله.

اندفعت أمها نحوها، وغمرت الصغير بقبلاتها ودموعها، في حين انهمرت دموع الحاج (عمار) في صمت، وهو يتلو آيات القران الكريم، ويحمد الله (سبحانه وتعالى) على ما انتهت إليه الأمور..

أما (ماجد)، فقد ربَّت على كتف (نادين) في حنان، وقال:

- حمدًا لله على سلامتك وسلامة (شريف) يا (نادين)..
حمدًا لله.. أتعلمين ما الذي يعنيه نطقه لكلمة (ماما) هذه؟
تطلّعت إليه في تساؤل، ودموعها تغرق عينيها، فتابع في حب حنون :
- إنه يعني أن ذلك الجسم، الذي غرسوه في عقله، قد استنفد طاقته، ولم يعد له أدنى تأثير عليه، ويمكننا انتزاعه دون أضرار.
غمغمت:
- حقًا؟!
أومأ برأسه إيجابًا، وضم (شريف) إليه، قائلًا:
- نعم يا (نادين).. لقد انتهى كل شيء على خير، بحمد الله وفضله وسننتزع ذلك الشيء من عقل (شريف)، وسيعود طفلًا طبيعيًا.
سألته في خفوت:
- أتظن هذا ممكنًا؟
أجابها في حنان:
- كل شيء ممكن يا (نادين)، ولن أتخلّى عنك أبدًا، ولا عن (شريف)، حتى تعود الأمور إلى مجراها، وننسى جميعًا ما حدث.
تركت رأسها يستقر على كتفه، وغمرها ذلك الشعور بالحب والحنان والدفئ والأمان، وهي تضمّ (شريف) إلى صدرها، وتحلم بذلك اليوم، الذي ينسون فيه جميعًا هذه التجربة..